회색에서 왔습니다

회색에서 왔습니다

차례

회색에서 왔습니다

강묘원

나는 눈을 감았다. 꿈에도 색깔이 있었나? 헷갈렸다. 펜으로 일기를 쓰던 때가 떠올랐다. 이어서 수업 시간에 필담을 나누던 장면도. 기억 속 서라의 얼굴이 흐릿했다. 그 애만큼 가상 교실에서 사용하는 가상 얼굴을 꾸미지 않는 애도 없었는데. 서라의 글씨도 흐릿했다. 모니터 너머로 떠오른 글자들이었지만, 그래도 어떤 날엔 정말 손으로 쓴 듯했는데. 이제는 목소리만이 선명하게 머릿속을 울렸다.

난 백역(白域)에서 왔어.

여기 그거 모르는 애 없을 것 같은데.

당황한 서라의 눈빛이 웃기고 귀여웠지. 어떤 장면은 감상이 더 진하게 남는다.

백역으로 가는 우주선에서 서라가 생각나지 않을 수는 없구나.

이 우주선에 제작진을 빼면 손님은 나, 강묘원뿐이다. 채널100의 전용선. 나는 서라가 건넨 보라색 티켓으로 이 우주선에 오를 수 있었다.

창밖으로 멀어지는 나의 무지개 지대가 점점 누런 회색으로 보였다. '회색 행성'이라 부르는 이유가 이거였구나. 난생처음 외부인의 눈으로 회색 도시를 보며 백역으로 향한다.

나는 돔 안의 성지에 사는 것도 아니니까.

다시 서라의 말이 울렸다. 중력 변환의 잔상이라고 생각하자. 이건 이명 같은 거야. 서라는 진짜였지만 그동안 벌어진 일은 전부 가상 세계에서 일어난 것이다. 서라가 진짜였다고? 가상 세계에 진짜가 있긴 한 걸까. 옆집에서 자란 재은이도 가상 교실에선 진짜 같지 않았다. 하루가 멀다 하고 바뀌는 귀걸이나 가면은 재은이를 매일 모르는 얼굴로 만들었다. 내가 가장 잘 아는 재은이조차 때때로 현실에 없는 게 아닐까 의심하게 되는 곳이 가상 교실이었다. 그런데 왜 서라에 대해서는 한 번의 의심도 없이 진짜라고 생각했을까. 그저 가짜 데이터 코드에 지나지 않았을지도 모르는데.

*

제1중학교 2학년 2반 교실에 접속하면 선생님이 언제나 기다리고 있었다. 선생님은 로그아웃을 하지 않는 것처럼 늘 거기에 있었으므로 오히려 늘 없는 것 같았다. 모니터 너머에 사람이 있는지 AI가 있는지 알 수 없는 노릇이었다. 공책에 낙서를 하면서 놀거나 창밖을 쳐다보며 딴짓을 하던 교실과는 확실히 분위기가 다르다. '하지 마세요.'라는 말을 거의 듣지 않으니까 오히려 재미가 없다.

선생님은 우리처럼 흐리고 바랜 색깔의 옷을 입은 채 붙박이처럼 칠판 앞에 서 있거나 책상 앞에 앉아 있었다. 수업 시간 동안 공기청정기 소리가 간간이 들려왔다. 한 시간 사이에도 몇 번씩 바뀌는 대기 오염 상황이 선생님의 마이크를 통해 전달됐다. 실제로 내 등 뒤에서도 경고음이 한 번씩 울렸다.

회색 행성은 내가 태어나고 자란 곳이다. 한때는 '무지개 지대'라 불렸다고 한다. 대기 오염이 심해지면서 외부에서 먼저 우리 행성을 '회색 행성'이라고 부르기 시작했다. 이제 우리 행성 사람들도 회색 행성이라 부르지만, 나는 여전히 무지개 지대라고 부르고 싶다. 우리는 그 누구보다 다채롭다고 믿고 싶다. 도시는 잿빛 먼지로 가득해도 우리가 먼지가 된 건 아니니까. 우리마저 색을 말하지 않으면 영원히 저 먼지에게 색을 빼앗길 것 같았다. 먼지가 가득 쌓인 곳은 까맣고, 먼지가 막 앉은 곳은 누렇거나 회색빛을 띠었다. 그러니까 깨끗한 백색과 빛나는 흑색은 이미 빼앗겼고, 우리는 먼지에 뒤덮여 겨우 깜빡거리는 야광 벌레 같았다.

우리는 다양한 색을 보면서 자랐지만, 색을 보는 것과 색을 소유하는 것은 전혀 다른 문제다. 소유에는 언제나 돈이 필요하다. 빨주노초파남보는 존재하지만, 그것들은 전부 회색빛이 덧씌워져 색이 바랜 무지개다. 이곳에 제대로 된 색은 없다는 얘기를 들은 적이 있다. 하지만 내 생각에 이곳에는 여전히 수많은 색이 존재한다. 그래서 나는 우리 행성을, 우리 동네를 좋아한다.

굳이 이곳에 다시 이름을 붙이자면 '회색 무지개 행성'이라고 하는 게 정확할 것 같다.

"우리가 백역에 갈 수 있을 것 같아?"

인수와 재은이는 항상 나의 꿈에 태클을 건다.

"강묘원 네가 이제 와서 공부를 할 거야, 뭘 어쩔 거야?"

"왜! 우리 막내언니도 손재주로 갔는데 뭐! 안 될 건 또 뭔데?"

"너네 집에 빚이 얼마더라."

"몰라. 그게 엄마 아빠 빚이지, 내 빚이냐?"

"이럴 때 보면 참 싹수가 노래 노래."

"아니, 노란 것도 아닌 듯. 새까맣다."

"나는 내 삶을 살 거야. 깨끗하게 빤 색색깔 옷을 입을 거라고."

나는 빛나는 색색깔의 옷을 입고 거리를 걷는 상상을 한다. 우리가 어릴 때만 해도 노란색 유치원복을 입고, 초등학교에서는 학년별로 빨강, 주황, 분홍, 초록, 파랑, 보라색 모자를 구분 지어 썼다. 하지만 내가 초등학교 3학년 때쯤에는 그 모든 것이 사라졌다. 언니의 초록색 모자를 물려받는 날을 기다리고 있었는데, 더 이상 모자를 쓰고 등교할 일이 없어진 것이다.

먼지가 행성을 가득 채울수록 우리가 집 밖에 나갈 수 있는 날이 줄어들었다. 학교 수업이 온라인으로 바뀌기 시작했고, 일 년 만에 가상 교실 제도가 도입되었다. 그러니까 가상 교실은 우리 행성의 특징인 셈이다.

우리가 가상 교실에 로그인을 하면 카메라가 방 안의 우리를 인식한다. 등록된 IP 주소와 현재 내 위치가 일치하는 것이 확인되어야 출석이 인정된다. 그러니까 내가 오늘 아침까지 분홍색 이불을 덮고 잤던 공간에서 물 빠진 하늘색 잠옷을 벗고, 그나마 색이 있는 보라색 티셔츠를 입고 로그인을 하면 카메라는 보라색 티셔츠 차림의 나를 교실로 데려간다.

가상 교실이 운영되면서 유행하기 시작한 것은 가상 얼굴이다. 이전에 마스크나 산소통을 꾸미던 아이들이 이제는 가상 얼굴 꾸미기에 집착한다. 가상 얼굴 서비스 역시 카메라로 인식된 얼굴을 기반으로 하기 때문에 성형을 하거나 다른 사람 얼굴을 띄울 수는 없지만, 이것저것 치장할 수 있다는 점에서 학생들에게 인기를 끌게 되었다. 화장 기능부터 피어싱, 타투 기능까지 추가되면서 애들의 진짜 얼굴을 보는 게 어려워졌다. 재은이처럼 가면이나 모자를 즐겨 쓰는 학생들은 그나마 얌전한 편이었다. 물론 수업이 시작되면 선생님이 가면은 벗어야 하지 않겠느냐고 이야기하기도 했지만, 때때로 그냥 내버려두는 선생님도 있었다. 가상 교실의 아이들은 점점 본래의 얼굴을 가리는 게 당연해졌다.

그러니 이제 새 학년이 됐다고 해서 쭈뼛거리며 교실 문을 열고, 어색한 웃음을 지으며 친구를 물색하는 일은 없다. 거울 앞에서 옷매무새를 확인하고 웃는 얼굴을 연습하는 새 학기 아침도 없다. 내가 기억하는 우리 반 아이들의 얼굴은 대부분 아주 어릴 적 모습이다. 2차 성징이 나타나는 것도 재은이와 나 둘이서만 하는 이야기였다.

봄방학이 끝나고 학교에 갔을 때, 전학생이 왔다. 그 아이는 회색 행성에 대해 아무것도 모르는 듯이 새하얀 옷을 입고 있었다.

"재 저래서 뭐 하루는 버티겠냐?"

"먼지 한바탕 뒤집어쓰고 나서야 안 되겠구나 하겠지."

"야, 몰랐겠냐? 자기가 백역에서 왔다는 거 티 내는 거지. 우리 행성에서는 저런 옷 팔지도 않잖아. 거의 그 뭐야, 입원복 같지 않아? 옛날 병원 옷."

"가상 얼굴도 안 꾸몄어. 부끄럽지도 않나 봐."

"뽀얀 얼굴을 뭐 하러 가리냐? 나 같아도 자랑스럽게 내놓겠다."

아이들이 모두 툴툴거리고 있었다. 그 순간 눈이 반짝인 것은 나뿐이었다. 나는 아이들이 그 애를 시기하고 있는 거라고 생각했다.

"안녕하세요. 저는 윤서라입니다. 잘 부탁드립니다."

딱딱하게 굳은 그 애가 존댓말로 인사했다. 선생님이 전학생의 자리를 찾았다. 가상 교실은 옛날 교실과 비슷하게 꾸며져 있다. 선생님이 칠판 앞에 표시된 곳에 서면 선생님 모습이 확대되어 화면을 가득 채웠다. 우리도 저마다 지정석이 있어서 수업 시간에는 자기 자리를 지켜야 출석이 인정되었다. 방향키로 자리를 이동해 교실 밖으로 나가거나 마우스로 접속 상태, 음소거 등을 선택할 수도 있다. 나는 이때다 싶어 손을 번쩍 들었다.

"서라는 묘원이 옆에 앉아라."

"아싸!"

소리를 작게 낸 것 같았는데, 내 앞에 앉은 재은이가 킥킥거리면서 뒤를 돌아봤다. 재은이의 얼굴에는 여우 가면이 씌워져 있었다.

"왜? 저요 저요! 소리라도 지르지 그러냐?"

"그럴 뻔했으니까 조용히 해라."

수업이 끝나면 곧장 재은이네 집에 가서 한 대 쥐어박아야겠다고 생각했다.

어떻게 이름도 '설아'일 수가 있지? 분명 눈 설(雪)에 아이 아(亞)를 쓴 걸 거야! 너무 백역의 아이다운 이름인데! 새하얀 옷을 입고 있는 건 좀 걱정이다. 잘 어울리기는 하지만. 아, 저런 얼굴이 눈처럼 하얀 얼굴이구나. 갑자기 이런저런 생각이 밀려들었다.

그나저나 저 애랑은 어떻게 친해진다? 애초에 어쩌다 회색 행성까지 오게 되었는지부터 궁금하다. 정말 백역에서 온 거냐고 물어보는 게 먼저일까? 아니다, 그건 이미 설아의 등장과 함께 모두가 알아채고 만 사실이다.

거긴 진짜 먼지바람이나 모래 폭풍 같은 게 없어? 백역 말이야. 정말 햇볕도 잘 들고, 모든 게 바삭바삭하냐고. 우리는 바삭바삭이 아니라 버석버석이거든. 그리고 또 축축하고. 이상하지? 먼지니 모래니 하는 것들은 전부 건조할 것 같은데, 그렇지가 않아. 이곳의 회색 가루들은 축축해. 달라붙어서 잘 떨어지지도 않고, 검댕 같은 자국도 만들어. 얼마 안 되지만 바다가 남아 있어서 그렇대. 바다가 남아 있다는 게 웃기지 않아?

아, 너무 말이 많은 것 같다. 타이핑하고 싶어서 손가락이 근질거리는데, 유난 떨기는 싫다. 대뜸 말을 와르르 쏟아 냈다간 이 애를 도로 백역으로 날려 보낼 것 같다. 당황해서 나를 차단할 수도 있겠지?

화학 수업이 시작되었다. 새로 온 학생 이름을 보고 화학 선생님이 이름이 예쁘네, 했다. 그쵸. 정말 예쁜 이름인 것 같아요. 힘차게 고개를 끄덕였다. 설아는 별말이 없었다.

“서라는 이름이 무슨 뜻이니?”

“모르겠어요.”

“서라, 서라……. 설아랑 발음이 비슷하구나.”

아? 윤설아가 아니라, 윤서라였구나. 갑자기 김새는 느낌이었다. 이름에 대해서 먼저 물어야겠다. 그럼 자연스럽겠지. 나는 네 이름이 눈 설 자에 아이 아 자를 쓴 설아인 줄 알았어. 나는 고양이 묘가 들어간 묘원이야.

그래, 이런 인사라면 어색하지 않을 것 같다.

*

우주를 가로질러 네가 있는 곳으로 간다. 여기서 얼마나 걸리는지도 잘 몰랐던 곳. 그저 나에게는 하양과 검정이 있는, 공기가 아주 맑고 깨끗한 곳. 그리고 언젠가 반드시 한번 가 보고 싶었던 곳. 나는 너와 같이 가게 될 줄 알았다. 그러나 너는 지금 여기에 없다. 우주선 안에는 나와 채널100의 프로그램 「파인딩」 제작진, 그리고 파일럿이 다다. 이것도 가상 현실은 아닐까. 나는 가상 현실에서 아주 길고 생생한 가짜를 보고 있는 게 아닐까. 아니면 꿈일지도 모른다.

서라야, 나는 지금 백역으로 가고 있다. 네가 준 보라색 티켓을 손에서 내려놓지 못하겠어. 주머니에 넣어 놔도 되는데, 주머니에 넣는 순간 사라지는 세계일까 봐 그러지 못하겠어. 너희 집에 가 보고 싶다고 했을 때가 생각나. 초대는 할 수 없지만, 보여 줄 순 있다고 했지. 카메라 너머로 엄청나게 많은 책이 있는 방이 보였어. 그럼에도 네 존재는 환상 같았지. 내가 봤던 네가 정말 눈앞에 있었나? 모든 게 헷갈린다. 꿈처럼 환상처럼.

나에게만 처음이자 마지막으로 비밀을 말해 주겠다고 했잖아. 그 은밀한 약속이 지금도 이어지고 있는지 궁금하다. 나는 약속을 지킬 거야.

*

화학 수업이 끝나고 쉬는 시간이 되자마자 서라가 교실에서 나가는 통에 말을 걸 기회를 놓쳤다. 서라는 자꾸 교실에서 사라졌다. 화장실에 가는 걸까 싶기도 했지만, 〔자리비움〕 표시를 띄우지는 않았다. 점심시간에도 밥을 안 먹고 화면에서 사라졌다. 금세 다시 나타났지만 음식을 먹지는 않았고, 하얀 옷을 입고 가만히 의자에 앉아 무언가를 열심히 타이핑했다. 모니터를 훔쳐보지는 않았다. 〔자리비움〕을 누르고 타이핑을 해야 안전한데. 다음번에는 꼭 알려 줘야겠다.

운동 시간이 되었다. 예전 같으면 교실 밖으로 나가 운동장이나 체육관에서 팀을 나눠 경기를 했을 텐데. 지금은 그저 화면에 나오는 동작을 따라 하는 게 전부다. 가상 교실의 가장 큰 문제로 꼽히는 것이 바로 이 '운동 시간'이다. 운동선수가 꿈인 아이들은 결국 하나둘 회색 행성을 떠났다.

옆을 보니 서라가 가만히 앉아 있다. 어디가 아픈가? 선생님도 별다른 말이 없다. 사정이 있나 보다 하면서도 서라에 대해서 궁금한 게 점점 늘었다. 갑자기 새하얀 얼굴로 나타나선 쉬는 시간마다 어디론가 가고, 운동 시간에는 가만히 앉아 있는다? 누가 봐도 눈에 띄는 아이가 아닌가. 사실 조금 걱정이 되기도 했다. 벌써 애들은 서라에 대해 수군거리고 있었다. 다음 쉬는 시간에는 꼭 어디로 가는지 쫓아가 봐야지 했다.

운동 세 세트가 끝나고 잠시 쉬어 가는 시간이었다. 인수와 재은이가 다가왔다.

"큰 집에 이사 오는 거 같더라?"

인수가 말했다. '큰 집'은 인수가 사는 골목에 있는, 말 그대로 아주 큰 집이었는데, 오랫동안 사람이 살지 않아 비어 있는 집이었다.

"누가?"

"그게 문제지. 누가 이사 오느냐."

재은이가 거들었다.

"그래서 말인데, 걔 아닐까? 윤서라."

"전학을 먼저 하고 이사를 하는 거라고?"

"그것도 좀 이상하긴 하네. 아무튼 이사 센터 차량이 와서 밖에서 쿵쾅거리고 있단 말이야. 턱턱 박스 놓는 소리도 들리고."

"인수 네가 나가서 좀 보지 그랬어."

"오늘 대기 오염 지수 장난 아니야. 내가 그거 잠깐 보자고 중무

장해서 나가야겠냐."

"그런데 아침에 너네 아버지가 나가면서 보니까 남자 한두 명 오가는 게 다라서 이사는 아닌 것 같기도 했다며."

재은이가 의아하다는 듯 인수에게 물었다.

"어! 맞다."

"그게 무슨 말이야?"

"이사 오는 가족이나 집 주인은 안 보이더래."

"그럼 뭐지. 이사 와서 살려는 게 아닌가?"

"뭐, 창고로 쓴다든가 그럴 수도 있지."

"그 멀쩡한 집을 창고로? 그건 아닐 것 같은데. 창고로 쓰기 좋은 구조도 아니잖아."

"그런데 쟤는 뭔데 운동 시간 내내 가만히 앉아서 쉬고 있냐?"

인수가 대놓고 손가락으로 서라를 가리키며 물었다.

"어디 아프기라도 한가?"

"야, 아픈 애를 데리고 이 행성으로 오는 사람이 있을 리가 있냐? 그건 학대다, 학대."

"모를 일이지!"

잠깐 수다를 떤 사이에 쉬는 시간이 끝났다. 인수와 재은이가 자기 자리로 돌아가서 아까와 조금 다를 뿐인 동작을 따라 했다. 수업에 집중이 되지 않았다.

수업이 끝나는 종소리가 들리자마자 서라가 조용히 일어났다.

나는 잠시 가만히 앉아 땀을 닦으면서 서라의 움직임을 살폈다. 이번 쉬는 시간에는 밖으로 안 나가는 건가? 서라는 교실 뒤쪽에 있는 게시판을 살펴보고 있었다.

게시판에는 아이들이 쓴 글과 그림이 붙어 있다. 얼마 전에 교내 백일장이 있었고, 가상 교실 서버 정비도 있었고, 여러모로 교실이 깔끔해져서 내심 자랑스러운 기분이 들었다. 저기에 내가 쓴 글도 있는데! 그 순간, 서라가 내가 쓴 글 앞에 섰다. 두근거렸다. 이때 가서 말을 거는 게 자연스러울까? 아니면 너무 나댄다고 생각할까?

나는 용기를 내 자리에서 일어나 서라에게 다가갔다.

"그거 내가 쓴 거야."

"강묘원……이 너야?"

"너는 짝꿍 이름도 모르냐?"

"너 시 잘 쓴다. 책 읽는 거 좋아해?"

"어?"

"잘 쓰려면 많이 읽어야 한다잖아. 우리 아버지도 그러셨거든."

"아버지가 작가야?"

"그런 건 아니지만 이것저것 아는 게 많으시지. 책도 많이 갖고 있고."

"그렇군……. 책은 별로 관심 없어! 우리 집에 책이라곤 눈을 씻고 찾아봐도 없고. 이 행성 사람들은 보통 손기술로 먹고 사니까 책이랑 친한 사람은 별로 없을 듯! 넌 책 좋아해?"

"응. 나는 할 수 있는 게 별로 없으니까."

"응?"

"나는 친구도 별로 없고, 나가서 할 수 있는 것도 별로 없고. 집에는 책이 많으니까 자연스럽게 많이 읽게 된 것 같아."

'나가서 할 수 있는 것도 별로 없고?' 정말 어디가 아픈 걸까? 백역처럼 깨끗한 곳에서 외출도 못 할 정도로 아픈 아이라면 왜 이 더러운 회색 행성까지 오게 된 걸까?

"어쩌다 오게 된 거야?"

"응? 뭐를?"

"백역에서 전학 온 거잖아."

서라가 조금 놀란 눈으로 나를 몇 초간 쳐다보았다.

"어떻게 알았어?"

"애초에 여기에 그런 하얀 옷 입을 수 있는 애는 별로 없으니까? 피부도 하얗고 말이야. 주근깨도 있는 것 같은데!"

아무리 실제 얼굴을 인식해서 띄워 주는 가상 얼굴이라고 해도 실제와는 다를 수 있으니 모든 건 추측해서 한 말이다. 주근깨가 있는 건 화장일 수도 있고, 픽셀이 깨진 걸 수도 있고, 그리고 또…….

"여긴 이런 얼굴이 없단 말이지?"

"응. 그것뿐이겠어? 색깔도 없어. 모두 흐리멍덩한 색뿐이야.

선명한 색 옷은 먼지를 뒤집어쓰면 얼룩덜룩해 보이거든. 그래서 우리가 입는 옷도 전부 후줄근한 회색, 나무색, 카키색 같은 게 전부야."

서라가 위아래로 나를 훑어봤다.

"기분 나쁘라고 훑어본 건 아니야. 미안!"

"응, 알아."

"정말 그런가 하고 본 것뿐이야. 그런데 너는 보라색 티셔츠를 입고 있잖아."

"에이, 나는 우중충한 색은 별로. 흉측하지 않아?"

"너 재밌다."

"응?"

"너라면 되겠어."

"뭐가?"

"너라면 충분히 주목받을 수 있을 거야."

서라의 말을 이해할 수 없어서 갸우뚱거리는 사이 마지막 수업이 시작되는 종소리가 울렸다. 슬쩍 옆자리의 서라 얼굴을 쳐다보니 옅게 웃고 있었다. 그때 재은이와 인수가 채팅을 보내왔다.

재은 무슨 얘기 했어?

묘원 그냥 백역에서 온 거 어떻게 알았냐고.

인수 모르는 게 이상하다고 친절하게 알려 줬냐?

묘원 왜 비꼬는 말투야.

재은 됐고. 우리 수업 끝나고 큰 집 가 보자!

인수 오늘 오염 농도 70 넘었다. 나가면 그대로 끝장이야.

재은 동인수 너는 사내새끼도 아니야.

인수 남자는 뭐 폐가 강철로 만들어졌냐? 언제부터 날 남자로 봐 줬다고 개어이없네.

재은 그래서 깡 너는?

나도 큰 집에 가 볼 생각이었다. 하지만 혼자 몰래 다녀오려던 참이었고, 혹시라도 서라를 마주치게 된다면 서로 얼굴을 마주한 채 대화하고 싶었다. 고민하는 사이 재은이가 마지막 챗을 보냈다.

재은 됐어. 그럼 다음에 가. 깡도 별로 생각 없는 것 같네.

재은이에게 미안해졌다. 서라 쪽을 쳐다보니 서라의 가상 얼굴이 나를 똑바로 마주 봤다. 만약 정말로 서라가 큰 집에 이사 온 거라면 내가 갑자기 나타나는 것도 당황스러울 것이다.

그저 나는 저 하얀 얼굴이 진짜 얼굴인 건지, 실제와는 얼마나 다를지가 궁금해 죽겠다.

종일 수업이 귀에 들어오지 않았다. 의자를 뒤로 젖히며 몸을 쭉 펴고 방 안을 돌아봤다. 이불도 엉망이고, 옷은 여기저기 널브러져 있다. 언니들과 함께 쓰고 있는 방이라서 짐도 많고, 뿌연 먼지가 가득하다. 백역에서 서라의 방은 얼마나 깨끗했을까? 회색 행성의 공기에는 어떻게 적응하고 있을까?

수업이 끝나자 서라는 아무렇지 않은 얼굴로 다시 자리에서 일어나 어딘가로 사라졌다. 이번에는 놓치고 싶지 않아서 뒤쫓아가 보니 구름다리 쪽으로 향하고 있었다. 우리가 있는 건물은 '앞동'으로 불리는 1동이고, 구름다리를 건너면 '뒷동'이라고 부르는 2동이 나온다. 구름다리로 연결된 2동 2층에는 3학년 교실과 미술실과 전시실이 있다. 거기서 한 층 내려가면 교무실, 과학실과 표본실이 있다. 3층에는 조리실습실과 기계실습실이 있는데, 특강을 듣는 학생들만 가는 곳이었다. 서라는 구름다리를 지나 한 층 내려가 3학년 교무실 쪽으로 향했다. 그때 갑자기 뒤를 돌아보는 바람에 나는 벽 뒤로 숨어야 했다. 그리고 가슴이 터질 듯 쿵쾅거려서 고개를 내밀어 볼 수 없었다.

서라가 어디로 들어가는지 확인하지 못한 채 결국 그대로 교실로 돌아왔다. 재은이와 인수가 장난을 치고 있었다. 인수는 재은이의 큰 키를 놀리고 있었고, 재은이는 가상 얼굴 가면을 빠르게 바꿔 가며 인수를 어지럽게 하고 있었다.

"그래서 오늘 모험은 없던 걸로?"

"응, 다음에. 일단 대기 상태도 너무 안 좋고, 윤서라네 집이 이사 오는 게 아닐 수도 있잖아."

"뭐, 그렇긴 하지."

"인수, 또 들리는 얘기 있으면 알려 줘."

"오케이. 난 그럼 나간다. 이따가 혹시 숙제 같이 할 거면 전화해라."

"동인수, 요즘 공부 열심이다?"

"나 이번에 학업 평가표 잘 받아야 돼. 형이 잘하면 플쿠터 사 줄 수도 있어."

"오, 드디어!"

플라잉 스쿠터는 인수가 제일 갖고 싶어 하는 물건이었다. 이제 그걸 타고 밖을 돌아다닐 일도 적지만.

인수와 재은이는 순식간에 로그아웃해서 사라졌다. 나는 교실에서 아이들이 하나둘 사라지는 동안 서라를 기다렸다. 괜히 교실 뒤 게시판에 가서 내 시를 다시 읽어 봤다. 부끄러웠다. 이런 걸로 칭찬을 하다니. 분명히 실없는, 마음에 없는 소리였을 것이다. 하지만 역시 기분이 좋았다. 다른 누구도 아닌 서라가 칭찬을 해 줘서 좋았다. 백역에서 온 낯선 아이, 책을 많이 읽었다는 아이가 칭찬해 줬다. 또 시를 쓸 일이 있으면 좋겠다고 생각했다.

한동안 기다려도 서라가 돌아오지 않았다. 하긴, 막상 마주쳐도 할 말이 정리되지 않은 것 같아서 자리에서 벌떡 일어났다.

그때 앞쪽 자리에 남아 있던 여자애 세 명이 우르르 몰려와서 말을 걸었다.

"윤서라랑 말해 봤어?"

"어때?"

애들은 내가 어떤 말을 해 주길 바라는 걸까. 흉이라도 봐 주길, 아니면 정말 놀라운 아이라고 신기한 이야기를 해 주길 바라는 걸까.

"나도 겨우 몇 마디 나눈 게 다라서 잘 모르겠는데."

"그래? 그래도 느낌이라는 게 있잖아. 말투라든가."

"그러니까. 걔 운동 시간에 아무것도 안 하고 앉아 있던데. 백역에서 왔다고 봐주는 거 아니야?"

한 아이가 눈살을 찌푸리며 말했다.

"그냥 몸이 허약한 거 아닐까?"

"그런 애가 왜 회색 행성으로 전학을 와?"

"그건 나도 모르지."

"아, 뭐야. 뭐라도 아는 줄 알았더니. 강묘원답지 않다?"

"강묘원답지 않다?"

"아니, 이것저것 물어보고 그랬을 줄 알았지. 너는 말도 잘하고 애들이랑 금방 친해지는 스타일이잖아."

그랬나? 그러고 보면 나는 겁이 별로 없는 편이다. 낯선 사람에게 말을 거는 데 스스럼이 없고, 부끄러움도 잘 타지 않는다. 예전에 큰오빠가 대장부 스타일이라고 말한 적도 있었다. 대장부가 뭔지는 모르겠지만 뭐 당당한 무언가라고 했던 것 같다.

"내가 그래?"

"푸. 뭐야, 얘."

"아무튼 뭐 알게 되면 우리한테도 알려 주기다!"

아이들이 흩어지며 하나둘 로그아웃했다.

서라한테도 내가 그런 애로 보일까? 말도 잘하고, 금방 친해지는 타입. 그건 좋은 건가? 가벼워 보인다는 뜻은 아닐까? 에라, 모르겠다!

일단 큰 집으로 직접 가 봐야겠다. 그 집에 이사 온 게 누군지 보고 오는 게 좋겠다. 산소통부터 제대로 확인하고 나가야지.

버스에서 내려 조금 더 걸어 도착한 곳은 인수네 집이 있는 골목이었다. 기어코 큰 집에 누가 왔는지 봐야겠어서 무작정 나와 버렸다. 인수와 재은이가 알면 서운해하겠지만, 지금은 그게 문제가 아니다. 호기심이 심장 주변을 쿵쿵 뛰어다니는 통에 가만히 있을 수가 없었다. 다행히 큰 집은 인수, 재은이와 유치원 때 몰래 숨어 들어가 놀곤 했던 곳이라 찾아가는 길이 익숙했다.

마지막으로 누가 살았는지도 모를 커다란 집이었다. 큰 집은 건물이 'ㄷ' 자로 마당을 둘러싸듯 자리하고 있는데, 아늑하기보다는 묵직한 느낌이었다. 조용하지만 단단한 몸집의 어른이 앉아 있는 것처럼 무게감이 느껴졌다. 관리하는 사람이 없어 키가 큰 풀들이 가득한 마당을 지나갈 땐 다리를 할퀴려는 마녀의 손을 떠올리곤 했다. 하지만 무서운 곳은 아니었다. 오히려 어린 우리에게는 멋진 궁전이 되기도 하고, 우주 용사의 기지가 되기도 했던 곳이다.

산소마스크에 고글까지 쓰고 나오길 잘했다. 눈앞으로 폭풍 같은 먼지바람이 몇 번이고 지나갔다. 진짜로 긁힌 것도 아닌데 절로 눈물이 올라왔다. 고글을 손봐야 할 때가 된 건지도 모른다.

큰 집 주변에는 사람이 보이지 않았다. 우리가 수업을 듣는 사이 이사가 끝난 모양이었다. 대문이 조금 열려 있었다. 문틈으로 안을 보려고 했는데, 만약 거기서 서라가 튀어나오면 어쩌나 두근거려서 뒤로 물러났다.

그대로 인수네 집까지 걸어가려다 다시 생각을 바꿨다. 이대로 물러나선 안 된다. 서라네 가족이 이사를 왔든 새로운 가족이 이사 왔든 우리 삼총사의 큰 집에 누군가가 온 거니까 볼 필요가 있다. 그래, 난 단지 윤서라가 궁금해서 온 게 아니다. 우리 아지트의 새로운 주인을 보러 온 것이다. 마음속으로 유치한 변명을 몇 번이고 되뇌며 대문 틈을 들여다봤다.

키가 큰 풀들이 그대로 있었다. 누군가가 이사 왔다면 풀부터 베어 냈어야 했다. 가장 이상했던 건 사람 소리가 들리지 않는다는 점이었다. 물건을 정리하거나 쿵쿵거리는 소리도 들리지 않았다. 대문을 조금 밀어 보았다. 마당에는 새로운 짐이 쌓여 있지 않았다. 기척도 느껴지지 않았다. 하지만 마당에 꺾인 풀과 발자국이 남은 걸 봐선 분명 사람이 오간 것이다.

아침에 인수네 아버지가 봤다는 사람들은 이삿짐 나르는 사람들이라 쳐도, 지금쯤이면 그 이삿짐을 정리하고 있어야 할 사람들마저 보이지 않는다? 조금 으스스한 기분이 들었다. 집 현관 앞까지 가서 노크를 해 볼까도 했지만, 용기가 나지 않았다. 언제부터 이 집이 이렇게 무섭게 느껴졌나 그저 도망가고 싶어졌다.

일단 인수를 부르는 게 좋을 것 같아서 인수네 집으로 뛰어갔다.

인수는 장난감을 조립하고 있었다. 인수가 만드는 장난감 역시 재활용 재료를 이용한 것이다. 인수는 로봇 장난감들을 분해해서 새로운 로봇을 만드는 걸 특히 잘했다. 요즘에는 온라인 거래로 용돈 벌이를 할 정도라고 했다.

"뭐야. 너 왜 왔어."

"아줌마 아저씨는?"

"오늘은 외부 행성 나가는 날. 밤 돼야 돌아오실걸."

"그렇군."

"아니, 이 미친 대기에 왜 나온 거야? 지금 오염 농도 장난 아니야."

"안 그래도 고글까지 쓰고 나왔는데, 모래가 눈알을 긁고 지나가는 것 같더라."

"그러게 왜 나와서는."

"큰 집이 너무 궁금해서 가 봤거든?"

"아까는 관심 없어 하더니."

"아무튼! 그런데 사람이 없어. 아예 움직임이 없는 것 같아. 너무 조용해."

"뭐 이삿짐 정리가 끝났나 보지."

"아니야. 사람 그림자가 코빼기도 안 보인다니까?"

"그래?"

"야. 같이 가 보자."

"가서 뭐 하게. 아무도 없으면 어쩔 거고, 누가 있으면 어쩔 건데? 잘 부탁드립니다, 인사라도 하려고?"

"아 씨. 아무래도 이상하지?"

인수가 혀를 차며 다시 로봇 재조립에 집중했다.

"모래바람 좀 약해지면 집 가라. 냉장고에서 아무거나 꺼내 먹어. 온 김에 나 먹을 것도 만들어 주면 감사하고."

"됐네. 내가 너 밥 먹이러 온 줄 아냐?"

"지금 나가게?"

"혼자라도 들어가 볼 거야."

"어휴. 저걸 누가 말려. 너 이 날씨에 돌아다닌 거 알면 너희 부모님이 혼내실 텐데."

"나 간다!"

인수에게서는 아무것도 얻을 수 없었다. 하지만 잠시 마스크를 벗고 있는 것만으로도 숨을 돌릴 수 있었다.

인수네서 나와 다시 큰 집 대문 앞에 섰다. 아까 내가 밀었던 상태 그대로, 반쯤 열려 있었다. 나는 괜히 주변을 둘러보았다. 동네 사람들도 보이지 않았다. 날씨가 안 좋아서 다들 외출을 하지 않는 모양이었다. 잘됐다고 생각했다. 하지만 자꾸 어디선가 나를 보는 것 같은 느낌이 들었다. 나쁜 짓을 하려고 하니 이상한 기분이 드는 거겠거니 하고 대문을 마저 열었다. 키가 큰 풀들이 다리를 스쳤다. 하지만 '오랜만이야.' 하는 느낌은 아니었고, '조심해!' 하는 느낌이었다.

큰 집은 모든 창이 통유리로 되어 있어서 안이 잘 보였다. 한쪽에 붙어 안을 들여다봤더니 전에 없던 짐들이 있었다. 정돈은 되어 있는 모양새였지만 청소가 된 것 같지는 않았다. 사람이 이사 온 것이라기에는 이상한 점이 많았다. 역시 사람 소리는 들리지 않았다. 어떤 그림자도 보이지 않았다. 그저 박스 몇 개와 책상 따위가 들어와 있을 뿐이었다. 여긴 작업장이나 가게로 쓰기에 좋지 않은 집인데. 정말 이상하다.

시계를 보니 가족들이 밥을 먹으러 집에 올 시간이었다. 외출을 들키지 않으려면 얼른 돌아가야 한다.

*

그날 나는 폭죽이 터지는 밤을 상상했다. 대기 오염 농도가 심각한 지역에서는 금지된 폭죽을. 영상으로만 봤던 폭죽을. 여름날이었으면 좋겠다고 생각했다가 꽃이 흩날리는 봄이어도 좋겠다고 생각했다. 하지만 꽃이 안 피는 곳이라면 어떡하지? 상상은 꼭 현실처럼 진지해졌다.

봄날이든 여름날이든 그게 무슨 상관이야. 진짜 중요한 건 언제가 아니다. 누구와 어디서 폭죽을 보느냐가 중요하다. 나는 그 장면에 인수와 재은이를 넣고, 고양이들을 넣고, 마지막으로 서라를 끼워 넣었다. 서라는 그곳에 가장 어울리는 존재였다. 화면 너머 진짜 세상에서 우리가 만난다면 폭죽이 터지듯 아름답고, 빛나고, 요란스러울 거라고 제멋대로 상상했다. 내 멋대로 상상해도 너는 화를 내지 않을 것이다.

우주선 창밖으로 뭐가 지나가는지 보려고 했는데 잘 보이지 않았다. 창이 더러워서도 아니고, 내 눈에 뭐가 끼어서도 아니고. 아, 속도 때문이구나. 이 정도 속도로 얼마나 가야 너의 행성이 나타나는 걸까. 내 앞에 앉아 있는 스태프는 나랑 눈이 마주칠 때마다 어색하게 웃는다. 보통은 뭐라고 말을 걸 법도 한데, 그저 웃는다. 나도 어색하게 따라 웃다가 창밖을 보면 다시 네 생각이 난다. 뿌옇게 보이는 저 우주에도 분명 수많은 빛깔이 있을 것이다. 나는 그런 마음으로 우리 세계를 믿고, 너의 세상을 상상한다.

*

집에 돌아와서 산소통의 먼지를 털고, 신발을 털고, 샤워를 했다. 내가 외출했단 사실을 숨길 만한 시간이 있어 다행이었다. 방에 들어가서 침대에 풀썩 드러누웠다. 용기를 내 큰 집까지 다녀왔는데, 허무한 탐험이 되고 말았다.

그러고 보니 교실에서 로그아웃도 안 하고 무작정 나갔다 왔다는 게 생각났다. 컴퓨터 앞에 앉아서 가상 교실을 들여다봤다. 선생님도 없고, 애들도 없었다. 그런데 딱 한 사람, 서라가 온라인 상태라고 표시되어 있었다. 왜 아직도 로그아웃을 안 했지? 로그아웃하는 걸 까먹었나? 그럴 수 있다. 가상 교실은 오늘이 처음일 테니까. 하지만 어디에 있는지 교실 안에는 보이지 않았다. 아까 2동으로 넘어가 아래층으로 내려갔던 게 생각났다. 혹시 아직도 그쪽에 있는 걸까?

나는 결국 로그아웃을 하지 않고 구름다리 쪽으로 가 봤다. 서라가 구름다리 반대편에서 나타났다.

"어?"

"어?"

우리는 서로를 보고 당황한 채 그 자리에서 얼어붙었다.

"왜 아직도 로그아웃을 안 했어?"

서라가 먼저 물었다.

"까먹고 그냥 나갔다 와서……."

서라가 아무 말도 하지 않고 가만히 나를 바라보다가 고개를 돌려 어딘가를 보며 말했다.

"오늘 대기 상태 나쁨 뜨던데 나갔다 왔어?"

서라는 진짜 회색 행성에 온 게 맞다. 대체 왜 이곳에 왔을까?

"응. 그리고 로그아웃하려고 보니까 너도 아직 로그아웃을 안 했길래."

"교무실에 볼 일이 있었어."

"2동에는 3학년 교무실만 있잖아."

"아, 어……. 그게, 아는 분이 있어서."

서라가 당황했는지 말을 더듬었다. 회색 행성에 원래 아는 사람이 있다니, 어쩌면 서라는 생각보다 회색 행성에 익숙한지도 모르겠다.

서라와 함께 교실로 돌아왔다. 어정쩡하게 게시판에 기대어 있었더니, 서라가 와서 앉으라고 손짓했다. 나란히 앉고 보니 괜히 심장이 두근거렸다. 가상 교실이니까 심장 소리가 들릴 리 없는데, 들킬까 봐 조마조마했다.

서라가 갑자기 가까이 다가와 내 얼굴을 찬찬히 뜯어보았다.

"회색 행성 아이라고 특별한 건 없네."

기분이 좋지 않았다. 내 외모를 두고 하는 말 같아서 위축되었고, 서라에게 실망스러웠다.

"왜 회색 행성에 왔는지 안 물어봐?"

"네가 말해 주고 싶으면 말해 주겠지."

"으음."

"백역에서 회색 행성으로 오는 경우는 잘 없으니까 궁금하긴 해. 왜 이렇게 살기 힘든 곳까지 오게 됐나, 뭐 그런 거."

"그렇구나."

서라는 자기가 할 말만 하고 금세 고개를 돌렸다. 내가 너무 환상을 가지고 있던 게 아닌가 또 실망스러웠다. 하긴, 백역에서 온 아이라고 해서 별다를 게 있겠어. 그래, 너도 그저 아이일 뿐인데. 나는 의기소침해져서 순식간에 흥미가 뚝 떨어졌다. 심지어는 큰 집에 대한 호기심도 사라져 버렸다. 그래서 대충 인사를 하고 로그아웃을 하려고 했다.

"그 백역이라는 단어 정말 어색하다."

그때 서라가 혼잣말처럼 툭 내뱉었다.

"그럼 너네는 너네 행성을 뭐라고 부르는데? 백역이 아니야?"

"백역 맞아. 그런데 진짜 백역은 극히 일부 지역이니까."

"그게 무슨 말이야?"

갑자기 서라가 음소거를 했다. 그리고 챗을 치기 시작했다.

서라 목이 아파서 말이야. 이걸로 얘기해도 돼?

고개를 끄덕였다가 채팅창에 "ㅇㅇ"을 쳤다.

서라 백역은 깨끗한 행성으로 알려져 있지?

묘원 그치? 아니야?

서라 이제 우리 행성도 깨끗한 곳은 일부분이거든.

이건 막내언니한테서도 듣지 못했던 이야기다. 서라가 갑자기 무슨 이야기를 하는지 혼란스러웠다.

서라 얼마 전부터 알 수 없는 피부병이 유행하고 있어. 백역도 오염된 거야.

묘원 너는 괜찮아?

서라 너 진짜 삐뚤지 않구나.

묘원 그게 무슨 말이야?

서라 무슨 말이든 있는 그대로 받아들인다고. 꼬이지 않았다고 해야 하나? 무슨 말을 해도 다 믿어 줄 것 같아.

묘원 당연하지. 안 믿을 이유는 뭐야?

서라 그래도 처음 보는 앤데, 믿을 이유도 없지 않아? 보통은 경계하기 마련이잖아.

묘원 여기 애들은 그런 거 없어. 진짜야. 다 괜찮은 애들이야. 전학생이 왔으니까 한동안은 쑥덕쑥덕하겠지만, 궁금해서 그럴 뿐이지. 욕하는 애들은 없을 거야.

서라 진짜 다 너 같을까?

묘원 아마? 숨길 게 없으니까?

대화가 이어질수록 서라에 대한 실망이 옅어졌다. 역시 직접 대화해 보기 전까지는 알 수 없는 거였다.

서라 좋다.

묘원 그래서 너는 왜 여기에 왔는데? 백역이 아무리 오염되고 있다고 해도 여기보다는 깨끗할 거 아니야.

서라 이제 직접적으로 물어보는구나?

묘원 응. 엄청 궁금하긴 했거든. 하루 종일.

서라 나는 안전한 곳으로 가고 싶었어.

묘원 그게 무슨 말이야?

오염된 백역과 피부병에 걸린 사람들 이야기를 생각해 보면 서라의 말은 오염되지 않은 곳으로 가고 싶었다는 건가? 하지만 우리 행성이야말로 오염된 지 오래되어 들과 바다의 색을 제대로 볼 수도 없다.

서라 벗어나고 싶었어. 내가 있는 곳이 안전하지 않다고 느껴지는 것 같아.

서라의 말이 잘 이해되지 않았다.

서라 내가 있었던 곳은 돔 안의 성지가 아니니까.

묘원 돔은 뭐고, 성지는 뭔데?

이게 다 무슨 말이람. 마치 판타지 소설 속에 들어와 있는 기분이다. 대화하는 사이 가상 교실 창문으로 노을이 지는 게 보였다. 시간에 따라 창밖 풍경이 바뀌는 자동 시스템이었다. 노을이 질 때까지 학교에 있어 본 게 언제적이지? 가상 교실 안에서는 더더욱 그럴 일이 없었다. 수업이 끝나면 과제 목록을 다운받고 곧장 로그아웃하기 바빴으니까.

그러고 보면 가상 교실이 아니라 진짜 교실로 등교할 때도 학교에 늦게까지 남아 있던 적은 없었다. 마지막 외출 등교는 초등학교 저학년 때 일이고, 그땐 수업이 끝나면 우르르 몰려나가 놀이터에서 놀기 바빴다. 해 질 때까지 놀이터에서 놀다가 들어가는 날이 허다했다.

백역에서 온 서라가 가상 교실에서 보는 노을은 어떨까? 나도 이렇게 낯선데, 백역에서 하얀 건물 사이로 붉게 흩어지는 노을을 봐 왔을 서라에게 이 풍경은 얼마나 낯설까?

그때 서라가 말했다.

서라 저 노을 진짜 같다.

묘원 응, 그러게. 나도 이렇게 늦게까지 교실에 있는 건 처음이라 가상 노을은 처음 봐.

서라 꽤 진짜 같다.

묘원 백역에서는 주황빛 노을이 잘 보이겠지?

서라 그런 편이지.

묘원 여긴 노을 볼 일이 없어. 종일 하늘이 흐리니까.

서라 진짜 노을을 본 적이 없어?

묘원 어릴 땐 있지. 하지만 순식간에 대기가 끔찍하게 나빠져 버려서 지금은 거의 기억도 안 나. 이 시간까지 가상 교실에 있으면 노을을 볼 수 있구나. 모니터 화면으로라도 말이야.

서라 그렇네.

묘원 그래서 돔은 뭐고, 성지는 뭐야?

서라 성지는 돔으로 보호되는 곳인데, 소수 집단이 살아가는 최상위 공간이야. 원래 성지만 백역으로 불렸는데, 다른 행성에서 우리 행성 자체를 백역이라 부르기 시작한 거야. 행성 전체가 백역으로 불리니까 성지는 '성지'나 '돔'으로 불리게 된 거지.

묘원 그러니까…… 돔은 특별한 곳? 부자들이 산다거나 그런 거지?

서라 응. 대충 그런 거지.

백역에서는 대부분의 사람들에게 종교가 있다는 말을 들은 적이 있다. 외지인이 아니라면 대부분 예배당이라는 곳에 나가 종교 활동을 한다고. 종교색이 짙은 곳이니까 돔이니 성지니 하는 말도 그런 것과 관련되어 있겠구나 추측했다.

묘원 너는 실제로 봐도 하얀 편이야?

서라 내 피부가 신기해?

묘원 여기 애들은 가상 교실에서 진짜 얼굴을 보여 주질 않으니까 너는 어떤가 궁금했어. 사실 그것보다는 네가 새하얀 티셔츠나 잘 닦인 블랙 펌프스 같은 걸 갖고 있는지가 더 궁금해.

서라 언젠가 날씨가 좋을 때 직접 얼굴을 보면 좋겠다.

서라가 먼저 만남에 대해 이야기했다. 순간 어떤 옷을 입고 만나야 할지를 제일 먼저 떠올리고 있는 나를 발견했다. 걸어서 갈 수 있는 거리에 있으면 좋겠지만, 우리 동네에 이사 올 만한 빈집은 떠오르지 않았다. 큰 집이 아니라면 어디에 이사 온 걸까? 한 시간 거리에 새로운 아파트 단지가 생겼다던데, 만약 서라가 그쪽으로 이사 온 거라면 큰오빠에게 태워다 달라고 해야 할지도 모른다.

묘원 그나저나 집에 아무도 없어? 계속 컴퓨터 앞에서 대화하고 있어도 괜찮아?

서라 응. 아버지는 지금 출근하셨고.

묘원 책을 많이 갖고 있으시다던?

서라 응. 맞아.

서라가 순간 눈살을 찌푸리면서 목을 큼큼 가다듬었다. 목이 따가운 것 같았다. 회색 행성 공기에 적응하기가 어렵겠지. 순식간에 말을 잃고 어색한 분위기가 되었다. 그다음엔 무얼 물어봐야 할지 모르겠어서 안달이 났다.

대문 열리는 소리가 들렸다. 현관문을 열고 들어오는 이모와 큰언니 목소리가 들렸다. 먼지가 어떻고, 공장이 어떻고 이야기하는 소리가 시끄럽게 들렸다.

묘원 나는 색을 좋아하거든. 그런데 여기에선 흐리멍덩한 색밖에 가질 수 없어. 백역이라면 흰색도 검은색도 가질 수 있지만, 선명한 노랑이나 파랑 같은 것도 있을 거 아니야. 백역에 대한 환상일 수도 있겠지만! 나는 그래서 백역이 궁금하고, 백역에서 굳이 이곳에 온 네가 궁금해.

서라 생각도 많고, 상상도 많이 하는구나. 네가 말하는 건 전부 꿈같이 들려.

묘원 꿈?

서라 응. 좋다는 거야. 꿈이라는 건 사람을 살아가게 하니까.

그러곤 한동안 챗이 올라오지 않았다. 아마도 백역을 추억하는 모양이었다. 창밖의 노을이 너무 밝아서 내 얼굴도 주황색으로 물드는 것 같았다. 모니터에서 나오는 주황색 빛이 방을 가득 메웠으면 좋겠다.

서라 백역에서는 건물이나 건물 외벽의 그림, 회사 로고까지 흰색이나 검은색만 써. 성지에서는 하얀색만 쓰니까 성지 바깥 사람들도 자꾸 하얀 것만 찾게 됐어. 더 하얗고, 더 단순하고, 더 단조로운 거.

막내언니가 했던 말이 생각났다. 아무리 예쁜 패턴을 만들어도 디자인스쿨 교수님들은 언니 작품을 좋아하지 않는다고 했다. 언니의 패브릭 패턴은 좋게 말하면 화려하고, 나쁘게 말하면 정신이 사납다고. 언니는 점점 자신이 없어진다고 했다. 그리고 어느새 언니도 하양에 중독되고 있다고 했다.

서라 그러니까 네가 생각하는 컬러풀한 세상은 아니라는 거야. 하얀색이 정말 고급이라서가 아니라 특별한 사람들이 하얀색을 쓰니까 흰색이 고급이 되어 버린 느낌이야.

묘원 돈이 색깔까지 지배해 버렸단 말이야?

재은이가 했던 말이 생각났다. “너네 집에 빚이 얼마더라?” 내가 알 바냐 쓰레빠냐 했던 그 빚. 그런 우리와는 아주 거리가 먼 이야기다. 영원히 알 수 없을지도 모를 세계의 이야기라는 생각이 들면서 김이 샜다.

우리는 더러워져도 티가 잘 나지 않을 옷을 입는다. 회색, 카키색, 그리고 가끔은 어두운 갈색 옷을 입기도 했다. 죽은 나무껍질 같은 칙칙한 갈색이었지만 그마저도 먼지가 묻으면 두드러지는 색에 속해서 특별한 날이 아니면 잘 입지 않았다. 화산재와 끊임없이 일어나는 산불의 재, 사라지지 않는 미세 먼지와 모래 폭풍, 우리는 그 속에서 살아가고 있다. 바다가 있어서 겨우 이 정도라는데, 그 작은 바다마저 없어지면 어떻게 되는 걸까? 그때는 이 행성을 떠나야 할지도 모른다. 하지만 마스크를 쓰고, 산소통을 메고, 고글을 쓰고, 무거운 신발을 신는 중무장을 해야 한다고 해도 나는 여기를 떠나는 게 잘 상상이 되질 않는다.

묘원 나한테 이런 이야기를 해 주는 이유가 뭐야? 짝꿍이라서? 아니면 우연히 교실에 남아 있는 애가 나라서?

서라에게 단도직입적으로 물었다. 서라는 한동안 말이 없었다.

서라 보라색 티셔츠를 입고 있었잖아. 애들이 입은 옷 색깔이 흉측하다고도 했고 말이야.

묘원 좋은 거지?

서라 좋은 거지. 그 교실에서 제대로 된 색깔이 있는 옷을 입은 애는 너밖에 없었어.

나는 순간 할 말을 잃었다. 내가 가장 듣고 싶었던 말이었다. 색이 있는 아이.

서라 자기표현을 확실하게 한다는 건 자기 마음에 솔직하다는 거잖아. 미안. 나 이만 나가 봐야겠다.

서라가 갑자기 로그아웃을 했다. 나를 이렇게 부끄럽게 만들어 놓고 홀짝 가 버리다니! 그러고 보니 과제 목록을 다운받고 로그아웃해야 하는데, 그건 했으려나? 정작 학교생활에 도움이 될 만한 이야기는 하지 못했다는 게 우스웠다.

일단 나도 로그아웃을 하고 거실로 나갔다. 퇴근한 이모와 큰언니가 저녁 요리를 하고 있었다. 언니에게 오늘 백역에서 전학생이 왔다고 얘기하려다가 별로 관심 없어 할 것 같아 그만두었다.

그 대신 막내언니에게 메시지를 보냈다. '설아'라는 이름이 어울리는 새하얀 아이가 백역에서 전학 왔다고. 하지만 알고 보니 '서라'였다고. 몇 마디 말도 나눴다고.

하지만 막내언니도 바쁜 모양인지 메시지를 바로 읽지 않았다. 괜히 김이 새서 침대에 털썩 누워 버렸다. 그리고 서라와 나눈 대화를 다시 떠올렸다. 내일은 어떤 이야기를 더 할 수 있을까? 어릴 때처럼 교실 문을 벌컥 열고 등장할 수 있었다면 나는 내일 아침 등교 퍼포먼스를 준비했을지도 모른다.

백역에서 왔습니다

윤서라

나는 집에서 아버지와 텔레비전을 보고 있었습니다. 엄마가 집에 돌아오지 않았다는 걸 미처 몰랐어요. 그때 내 나이는 일곱 살, 아니면 여덟 살. 아마도 그랬던 것 같습니다. 내가 정확하게 기억하는 것은 몇 가지 되지 않습니다. 그마저도 아버지가 잊지 않도록 계속 말해 주었고, 기억 저장 장치가 있는 덕분입니다.

나는 매일 아침 기억을 다운로드합니다. 아침에 업로드하는 것들은 보통 꿈이고, 혹은 자는 사이에 나도 모르게 한 행동이겠지요. 내가 열어 보지 않은 기억들이 저장되는 셈입니다. 중요한 것은 밤에 업로드하는 하루 동안의 일입니다. 가끔 놓친 것들을 아침에 다시 추가로 업로드해야 할 때도 있지만, 그런 일은 거의 없습니다. 아버지가 내 문제점을 찾아내면 나는 그렇구나 하고 지시를 따를 뿐입니다. 아침에 기억을 다운로드할 때도 그렇습니다.

무엇을 다운받아야 하는지는 아버지가 정합니다.

내 기억에는 큰 오류가 있다고 합니다. 정확히는 내 머리에 오류가 있다고 해요. 나는 그것을 들키지 않고 학교에 다니려고 합니다. 아버지가 그러라고 했으니까요. 나의 약점을 들키면 친구를 잃게 될 것이라고 했습니다. 세상에 영원한 친구는 없고, 적은 쉽게 생긴다고요. 하지만 그런 게 우정이라면 무척 슬플 것 같습니다. 그래도 나는 아버지 말을 잘 들으려고 합니다. 어머니가 안 계시는 탓도 있지만, 똑똑한 아버지를 믿기 때문이기도 합니다.

친구들에게 가족 이야기를 하는 건 금지되어 있습니다. 가족에 관한 이야기는 너무 사적인 거래요. 아버지는 사적인 것을 다른 사람들에게 많이 알려 줄 필요가 없다고 합니다. 친구라고 해도요. 나는 모르는 게 많습니다. 알아야 할 건 아버지가 모두 알려 주니까 괜찮다고 생각하지만, 결국 내 머리에 문제가 있다는 사실에 답답해집니다. 그래도 이 규칙들을 지키는 덕분에 학교에서 괴롭힘당하지 않고 친구들과 적당히 어울려 지낼 수 있는 거라고 생각해요.

결국, 진짜 친구는 없는 걸까요?

아버지는 어머니가 집을 나간 뒤로 점점 괴팍해졌습니다. 원래는 조금 더 다정한 분이었어요. 그건 분명히 기억해요. 어머니는 가출하신 건지 실종되신 건지 모르겠습니다. 아버지는 그저 '집을 나갔다.'라고 표현하십니다. 그래서 아버지가 나에게 집착하고 있다는 것도 압니다. 나도 아버지에게만 의지하고 있으니 어쩔 수 없습니다. 우리 부녀는 아주 특별한 관계입니다. 그렇게 생각하면 그만입니다.

아버지는 내가 자기를 닮아 똑똑하다고 합니다. 나는 기억력도 나쁘고, 아는 게 별로 없는 것 같은데 말이죠. 내가 똑똑하다는 건…… 아마도 지능검사 결과 따위가 근거겠지요. 수치화된 것들. 하지만 나는 그런 것을 그다지 신뢰하지 않습니다. 왜냐하면 내가 멍청하다는 건 나 자신이 가장 잘 느끼고 있거든요.

한편으로 아버지가 나를 답답해한다는 것 또한 알고 있어요. 그건 성격이나 행동, 말투의 문제입니다. 하지만 타고난 것을 어떻게 고치겠어요. 가끔은 아버지의 요구가 버겁습니다.

하지만 나는 착한 딸이 되고 싶습니다. 아내가 죽었는지 살았는지도 모르는 채 살아가는 아버지에게 유일한 가족은 나뿐이니까요. 어머니가 사라졌는데 슬퍼하지 않는 자식을 키우는 건 어떨까요? 슬프거나 화가 나거나 하지는 않을까요? 나는 어머니가 꼭 필요한 나이였으니까 엄마를 더 많이 찾았어야 하지 않을까요? 이게 모두 머리에 문제가 있어서, 기억에 이상이 있어서라고 치부하기에는…….

이제 나는 열다섯 살입니다. 어머니가 사라지고 딱 곱절의 시간이 지난 겁니다. 가끔은 그리워할 법도 합니다. 원망도 해야 하고요. 그건 예배당 친구인 아사가 해 준 말입니다. 하지만 나는 여전히 어머니의 빈자리를 크게 느끼지 못합니다. 나는 궁금할 뿐입니다. 엄마는 왜 사라져야 했을까, 지금 어디서 무엇을 하고 있을까, 지금 존재하긴 할까? 궁금한 것은 많습니다. 하지만 물어볼 곳이 없어요.

아사는 내가 기억하지 못하는 내 모습을 많이 알고 있는 친구입니다. 거의 태어났을 때부터 함께 자랐으니까요. 우리는 시로니타스 예배당에서 함께 자랐고, 같은 동네에서 자랐고, 같은 학교를 다녔습니다. 백역 사람들 대부분은 시니인입니다. '시로니타스'를 믿는 사람들을 '시니인'이라고 부릅니다. 애초에 시니인들이 단체로 이주한 것이 행성 백역의 기원이라는 설도 있습니다.

말주변이 좋지 못해 친구를 잘 사귀지 못하는 나와 달리, 아사는 학교의 인기 스타입니다. 까만 옷을 즐겨 입고, 예배당에 갈 때는 멋진 하얀 모자를 씁니다. 겉모습만 아니라 내면도 멋진 친구라는 건 좀 반칙 같지만.

그런 아사가 나의 절친이라는 것은 자랑스러운 일입니다. 아사가 하마 캐릭터를 좋아한다는 건 나만 아는 일이에요. 집에 가면 하마 캐릭터로 가득한 방에서 머리를 바짝 올려 묶고 뒹구는 것도 나만 알고 있고요. 아사는 내가 꼭 고래 같다고 합니다. 고래는 인간이 들을 수 없는 소리를 내는 동물인데, 이상하게 자기랑은 말이 통하는 동물 같다고요. 특히 눈을 들여다보면 인간보다 더 말을 잘할 것 같은데, 인간이 알아들을 수는 없다고. 내 눈이 그렇다고 했습니다.

고래를 직접 본 적도 없으면서. 아사는 그런 친구입니다. 재미있고, 귀엽고, 멋진 친구. 그런 친구의 주소록에 내 이름이 '고래고래'라고 저장된 것을 발견하는 일은 즐겁습니다.

아사는 요즘 예배당에서 중등부 회장으로 일합니다. 나는 얼떨결에 서기를 맡았어요. 아사가 "너도 해!"라고 했기 때문입니다. 리더십 있는 아사가 부러웠습니다. 아사는 성지 순례 기간을 앞두고 중등부 예배실에 새로운 화분을 가져다 놓을 것이라고 했습니다. 하얀 난초였으면 좋겠다고 했어요. 내가 화분을 알아보기로 했는데, 갑자기 아프면서 그 일은 회계 담당인 오운이가 맡기로 했습니다.

며칠 전 아사가 집으로 찾아왔습니다. 평소처럼 카드 게임도 하고 책 얘기도 했지만, 분위기가 좀처럼 밝아지지 않았습니다. 내가 죽을병에 걸려 누워 있는 것도 아닌데, 아사는 어두운 표정이었습니다.

"왜 그렇게 죽상을 하고 있어."

"너 어릴 때 생각나서."

"응? 나 어릴 때?"

"너 여섯 살 땐가. 일 년 정도 예배당도 못 나오고 했을 때 있잖아."

"기억 안 나."

"그것도 기억 안 나? 문제다, 문제."

"그래서 그때 생각하니까 슬퍼?"

"슬프긴 뭐가 슬퍼! 그냥 그렇다고, 바보야."

아사는 내가 기억하지 못하는 일들을 기억합니다. 그 일 년 동안 나는 학교에도 예배당에도 나오지 않았다고 합니다. 그리고 내가 돌아왔을 때는 어머니가 사라졌다고 해요. 마치 내가 낫자마자 어머니가 떠난 것처럼 말이죠. 그즈음에는 아사가 우리 집에 놀러 오려고 해도 아버지가 허락하지 않았다고 합니다.

"너네 아버지 진짜 특이해."

"응. 어느 정도 인정."

"멋있기도 하고 대단하기도 한데, 가끔 보면 무서워."

"나도 종종 무서워."

"진짜?"

"응. 그런데 좋아."

"좋아?"

"하나뿐인 가족이잖아."

"그게 다야?"

"그게 다는 아닌 것 같은데……. 글쎄, 뭘까?"

아사는 눈썹을 찌푸리며 뭔가를 골똘히 생각하는 표정이었습니다. 무슨 생각을 하고 있는 걸까, 왠지 겁이 나서 묻지 않았습니다.

나는 계속 누워 있었고 아사는 내 곁에 앉아 있었습니다. 일 년 동안 집에서 나가지 못하고 있었을 때, 그때도 아사가 곁에 앉아서 이런저런 얘기를 할 수 있게 해 줬으면 안 됐을까요? 아버지는 왜 아사의 방문도 막았던 걸까요? 또 내가 기억하지 못하는 게 있나 봅니다. 이럴 땐 답답합니다. 가슴에 돌을 얹은 듯 말이에요.

얼마 전부터 나는 기침을 합니다. 처음에는 목 아래 어딘가가 간질간질한 느낌 때문에 잔기침을 하는 정도였는데, 이제는 숨이 끊어질 듯 깊은 기침을 합니다. 그치지 않는 기침 때문에 귀도 먹먹하고, 어깨도 무겁게 느껴집니다. 피부도 퍼석퍼석해졌습니다. 아버지는 내가 오래전에 앓았던 병이 재발한 것 같다며 학교에 휴학계를 내자고 했습니다. 병명이 무엇인지는 모르겠습니다. 병원에 가 보지는 않았거든요. 아버지가 제약 회사에서 연구하고 있는 주사제를 쓰면서 집에서 치료를 해 보자고 하셨어요. 나는 내가 앓고 있는 병의 원인이 무엇인지 전혀 알지 못합니다. 한참 아팠을 때의 기억도 별로 없고요. 그러니 아버지가 병에 대해 대충이라도 설명해 주면 좋겠는데, 아버지는 어떤 것도 물을 수 없는 오라를 풍기고 있었습니다.

그렇게 해서 나는 집에 있게 되었습니다. 이제 한 달이 다 되어 갑니다. 오늘은 주말을 맞이해 아사가 학교 수업 내용을 전해 줄 겸, 예배당 상황을 알려 줄 겸 찾아온 것입니다. 아사는 아버지가 하는 일이 '강압적인 가정 치료'라고 했습니다. 강압적인가? 생각해 보았지만, 그렇다고 할 수도 아니라고 할 수도 없다는 결론이었습니다. 내가 동의한 일이니까요.

"엄마 생각은 안 나?"

"잘 기억도 안 나는걸. 기억이 나야 그립지."

"안타깝다. 나는 너네 어머니 얼굴도 대충 기억나."

"어땠는데?"

"진짜 멋졌어. 키도 크고 옷도 잘 입고! 꼭 연예인 같았는데!"

"그런데 나는 왜 이래? 나는 키도 작고 몸도 허약하고."

분명 집에서도 예배당에서도 함께 있었을 어머니인데, 도통 기억나는 것이 없습니다. 내가 다 낫고 난 뒤에 사라진 어머니. 그 또한 이해되지 않습니다. 내가 아파서 사라진 게 아니라 내가 나아서 사라졌다? 그럴 만한 이유로는 뭐가 있을까요? 아버지와 사이가 안 좋았다면 나에게 무언가 말을 해 주고 떠났겠지요. 전후 관계가 전혀 기억나지 않는 것은 어머니가 유령처럼 떠났기 때문일 것입니다.

"그런데 진짜로 어머니를 기억 못 하는 건 이상하지 않아? 아무리 내 기억력에 문제가 있다고 해도 말이야. 내가 그 사람을 지워야만 했어야 했다던가! 뭐 그런 건 아닐까?"

"흠……."

아사가 턱을 괴고 짐짓 심각한 표정을 지었습니다.

"아무리 어렸을 때라고는 하지만, 내가 기억하는 네 어머니는 나쁜 사람이 아니었어. 그냥 느낄 수 있는 게 있잖아. 진짜 나쁜 사람이라면 오히려 어린아이라서 더 잘 느낄 수 있었을 텐데. 너희 어머니는 뭐랄까, 상냥한 아주머니였어."

"상냥한? 다정한? 음, 그런 이미지구나."

"응. 예배당 어른들도 그러셨어."

"어른들이 우리 어머니 얘기를 해?"

"별건 아니고 그냥 걱정하는 얘기. 서라가 걱정된다, 서라 어머니 소식은 아직 없냐, 서라 아버지는 뭐라더냐, 그런 말들. 그런 얘기 하는 걸 몇 번 들은 적 있어."

"그렇구나."

"예배당에서 반주자로 봉사하셨던 분이니까 사람들이 기억할 수밖에 없잖아?"

"응."

아사가 기억하는 우리 어머니는 멋쟁이 어른, 상냥한 아주머니, 예배당 반주자 같은 이미지입니다. 그러나 내가 기억하는 것은 어머니의 살 냄새, 그게 전부입니다. 나중에 어디선가 어머니가 스쳐 지나간다고 해도 알아볼 수 없을 정보, 살 냄새. 이상하게 그것만이 선명하게 기억납니다.

"그런데 이번에도 병원에는 전혀 안 가는 거야?"

"응."

"아저씨는 진짜 무슨 생각이지?"

"그러려니 해. 그렇다고 아버지가 아무것도 모르는 멍청이는 아니잖아. 대책 없는 사람도 아니고. 누구보다 이성적인 사람이니까 괜찮……."

"바보야, 이성적인 사람이 이성적이지 않은 선택을 하니까 무서운 거야. 물론 믿음으로 이겨 내야 하는 것도 있지. 하지만 매번 이런 식으로? 그건 네 병을 악화시키는 일일 수도 있단 말이야. 이제 우리는 아동 학대가 뭔지 아는 나이잖아."

"아사, 그만해. 단순히 믿음으로 이겨 내는 게 아니라 약물 치료도 하고 있어."

"진지하게 생각해 보란 말이야. 아저씨가 의사는 아니잖아."

"그렇다고 해서 아버지를 아동 학대로 몰 것까진 없잖아."

"꼭 그렇다는 게 아니라, 네가 네 힘으로 네 목숨을 생각해 보라는 거지."

아사의 말에 할 말을 잃었습니다. 틀린 말은 아니었으니까요. 물론 아버지가 날 학대한다고 인정하는 건 아닙니다. 아버지는 나를 살리기 위해 거의 모든 시간을 쏟고 있습니다. 아버지는 끝까지 온 힘을 다해 나를 돌봐 줄 보호자입니다.

아버지가 조금 잘못된 방법으로 접근하고 있다는 건 나도 알고 있어요. 내 투병 생활이 길어지는 건 아버지 탓이 아니지만, 병원에 가지 않는 건 아버지 탓일지 모릅니다. 나도 꽤 이성적이라고요.

순식간에 방 안이 조용해졌습니다. 우리는 말을 잃고 마주 앉아서 조용히 시간을 보냈습니다. 다시 정적을 깬 것은 아사였습니다다. 아사가 내 책상 앞에 가서 이것저것 만지며 장난을 쳤습니다. 내가 공부하던 책을 꺼내서 보기도 하고, 노트의 글씨를 보고 날아다닌다며 놀리기도 했습니다. 아사가 일부러 그런다는 것을 알았습니다. 차라리 몰랐으면 좋았을 텐데, 나는 아사가 나를 위해 노력한다는 것을 알았습니다.

"가정 치료라는 거 말이야."

아사가 입을 열었습니다.

"실제로는 엄청 좋을지도 몰라. 일단 집은 편하고, 깨끗하잖아."

"맞아. 그건 그렇지."

아사가 걱정스러운 표정을 짓더니 고개를 푹 숙였습니다. 하지만 이내 웃어 보이며 말했습니다.

"아무나 할 수 있는 거 아니잖아. 깨끗한 집을 유지하고, 좋은 것을 먹이고, 주사를 맞히고……. 내내 네 상태가 어떤지 신경 쓰고 있어야 하잖아. 아무리 사랑하는 가족이라도 그런 노력을 할 수 있는 건 당연한 게 아니야."

"응."

"서라야, 너는 사랑받고 있어. 그러니 나아야 해."

"응."

"일 년이 걸리고, 이 년이 걸린다고 해도 기다리고 있을 테니까. 성지 순례는 꼭 같이 가자. 수련회도 가고!"

나도 모르는 사이 포기한 것들이 떠올랐습니다. 나는 왜 포기했을까요? 은연중에 병이 낫지 않을 거라고 생각해 버린 것입니다.

"성지 순례를?"

"너 나을 때까지 기다릴 테니까 같이 가자."

"그래."

오히려 성지 순례를 다녀오면 병이 씻은 듯이 나을지도 모릅니다. 내가 자꾸 놓치는 것들을 아사가 챙겨 주고 있다는 사실에 마음이 편안해졌습니다. 내가 좀 서툴러도 듬직한 친구가 있으니까 괜찮다고요.

자꾸 졸음이 쏟아집니다. 아사가 집에 간다며 일어나는 모습을 보고, 시계를 보니 아버지가 퇴근할 시간이 다가오고 있었습니다. 내일은 예배가 있는 요일이니 아버지가 일찍 퇴근할 거예요.

"나 갈게. 몸 관리 잘하고."

"응. 또 놀러 와. 나 심심해."

"알았어. 잘 지내고 있어."

우리는 메신저로도 할 수 있는 이야기로 한참을 떠들고도 헤어지는 게 아쉬워 긴 인사를 나눴습니다.

문득 아사가 부러워졌습니다. 아사는 항상 건강했으니까요. 아사는 운동도 잘하고, 공부도 잘하고, 친구도 많고……. 그런 아사가 부러운 건 당연한 거겠죠. 예배당에서 봉사도 많이 하고 있으니 더 많은 축복을 받을 거예요. 그에 비하면 나는 먼지 같습니다. 신이 훅 불면 날아가 버릴 먼지. 일주일에 한 번 조용히 예배만 드리고 사라지는, 색깔도 없는 하얀 먼지.

아사가 왔다 가는 날에는 꼭 어머니에 대해 생각해 보게 됩니다. 내 기억에는 거의 없고, 주변 사람들의 기억에 남아 전해 들은 이야기들. 아버지가 숨겨 놓은 것인지 없애 버린 것인지, 나는 어머니의 사진 한 장도 본 적이 없습니다. 그래서 모두 상상으로 만들어 내야 합니다. 키가 크고 옷을 잘 입는 엄마, 피아노 앞에 앉아 있는 엄마. 머리카락이 길었다는 것은 아버지의 말을 통해 추측할 수 있습니다. 아버지가 왜 어머니에 관한 기억을 다운받지 못하게 하는지 모르겠습니다. 어머니를 만나면 안 되는 걸까요? 기억 속에서라도요. 어머니가 그리워서가 아닙니다. 그리움을 배우고 싶어서예요. 내가 당연히 기억해야 할 사람이라고 생각해서 그래요.

하지만 나는 아버지에게 아무 말도 하지 못합니다. 아버지는 강압적인 분은 아니지만 고집이 센 분이니까, 결국 포기하는 건 나예요.

아버지의 방은 책으로 가득 차 있습니다. 대부분은 종교 서적, 그리고 약학, 의학, 과학 분야의 서적들입니다. 아버지가 내 치료를 집에서만 하려는 것도 종교적인 이유가 있지 않나 추측해 봅니다. 병원에서는 어떤 약을 쓸지, 어떤 수술을 권할지 모르니까요. 아버지는 자연주의를 중요시하거든요. 내가 사이보그가 될 수도 있다고 생각할지도요. 아버지 서재에서 지금의 의술은 사이보그 기술을 내세우는 게 문제라고 말하는 신문 기사를 본 적도 있습니다.

요즘에는 백역 사람들 중에도 인공 신장이나 신섬유 근육 등을 이식받는 사람이 늘고 있다고 합니다. 아버지는 언젠가 그런 작은 수술도 용납할 수 없다고 말씀하셨습니다. 그러니까 내 병도 집에서 치료하려는 것입니다.

하지만 어머니는 이런 아버지에게 질려 떠난 것인지도 모릅니다. 어머니는 내가 일반적인 병원 치료를 받길 원했을 수도 있어요. 하지만 아버지는 고집을 꺾지 않았겠지요. 그런 아버지를 버틸 수 없었던 것이라 생각하면 이해가 갑니다. 애초에 아버지와 어머니는 출신도 다르고, 전공도 일도 다르고, 그러니 성격이나 가치관도 달랐을 겁니다. 어머니는 음악을 전공한 분으로 알고 있습니다. 그래서 예배당 반주자로 봉사했던 거고요.

범죄 사건일 수도 있지 않겠느냐는 어른들도 있었습니다. 백역에서 사십 대 여자가 갑자기 사라지는 일은 드물다고요. 하지만 아버지는 "어디든 갈 수 있는 시대가 되었으니까요. 어느 행성엔가 갔을지도요." 하고 차분히 넘겼습니다. 아버지가 의연할수록 사람들은 더 수군거렸습니다. 자기 아내가 어떻게 되었는지 궁금해하지 않는 남자라니. 그래서 누군가는 아버지가 어머니를 해쳤을 거라고 떠들기도 했습니다. 어릴 땐 그게 무슨 말인지 이해가 되지 않았는데, 이제는 압니다. 그러니까 아버지가 어머니를 어떻게 했다는…….

하지만 그럴 리가 없어요! 아버지가 무뚝뚝한 편이기는 해도 자기 가족을 어떻게 할 사람은 아닙니다. 작은아버지도 그러셨습니다. 밖에서 어떤 말을 듣든 내 마음이 중요한 거라고요. 말하는 사람은 뱉을 뿐이고, 듣는 사람이 중요한 거라고요.

얼마 전 작은아버지가 우리 집에 왔다 갔습니다. 내가 괜찮은지 보러 왔다고 했지만, 아버지에게 어머니 이야기를 꺼내는 것 같았습니다. 나도 마음이 편한 것은 아닙니다. 내가 다시 아프다는 사실이 어떻게 마음 편할 일이겠어요. 어머니가 사라진 것도요. 실은 누구보다도 내가 괴로워야 하잖아요.

이번에 아프고 나면 또 무슨 일이 벌어질까요? 이번에는 아버지가 떠나 버릴까요? 그러지는 않겠지요. 하지만 괜히 불안해지고 맙니다.

아버지가 퇴근할 시간이 지났는데도 오지 않아서 이런저런 불안한 생각을 하게 되는 건지도 모르겠습니다. 아버지의 서재에 들어가 보았습니다. 벽의 세 면이 책장으로 꽉 차 있습니다. 창문까지 막아 버린 책장이 무섭게 느껴졌던 어린 시절도 있었는데, 이제는 그냥 키가 큰 책장일 뿐입니다. 작은 책상 두 개와 넓은 의자 하나, 그리고 좁은 침대가 하나 있습니다.

어머니와 함께 살던 집을 떠나 이 집에 온 지도 오 년째입니다. 아버지 방의 오래된 책장 앞에 섰습니다. 하나둘 채워 간 통에 색깔도 높이도 맞지 않는 책장들입니다. 하지만 책들은 잘 정리되어 있습니다. 신앙 서적은 신앙 서적끼리, 종교학 서적은 그 옆 책장에, 약학이나 의학 서적은 그 반대쪽에. 옆에는 아버지 회사 일과 관련된 자료들이 있었습니다.

가끔 아버지의 종교 서적을 읽어 보기도 합니다. 어려운 말이 많지만, 그래도 생화학이니 외계생물학이니 하는 과학책보다는 훨씬 쉽고 재밌습니다. 내가 좋아하는 책들은 전부 어머니가 남기고 간 이야기책입니다. 아버지의 것이 아니니 어머니의 것이라고 추측하는 거지요. 그러고 보니 아버지의 서재에는 가족과 관련된 자료는 없는 걸까 문득 궁금해집니다.

넓은 의자에 풀썩 앉으니 낡은 가죽 냄새가 납니다. 아버지는 이 의자에 앉아 무슨 생각을 했을까요? 어머니에 관해, 나에 관해, 나의 병에 관해, 그리고 당신의 신에 관해. 무엇을 더 알고 싶어 했을까요?

나에게는 아무도 모르는 비밀 하나가 있습니다. 아버지에게 말하지 않은 어머니에 대한 기억이 하나 있어요. 얼굴도 목소리도 기억나지 않는 어머니가 『눈의 여왕』 이야기를 해 주던 밤이 생각납니다. 침대에 나란히 누워 조곤조곤 들려주었던 『눈의 여왕』. 그때의 온기를 생각하면 왠지 눈물이 날 것 같습니다. 이걸 그리움이라고 할 수 있을까요?

얼마 전부터 다시 아프기 시작하면서 몇 가지 기억이 돌아왔습니다. 기억 업로드나 다운로드와는 상관없이 일어난 일이었습니다. 하지만 아버지에게는 알리지 않았습니다. 돌아온 기억 중에서도 가장 선명한 것은 『눈의 여왕』 마지막 장면이었습니다. 내가 아주 좋아했던 이야기라는 것을 기억해 냈어요. 그래서 나는 내가 아픈 게 조금 반갑기도 해요.

아버지는 처음 내 피부 발진을 발견한 날 정신이 나간 사람처럼 반응했습니다. 그러면서도 나를 병원에 데리고 가지 않았습니다. 내가 먼저 병원에 가자고, 나는 괜찮다고, 무섭지 않다고 했는데 아버지는 버럭 화를 내며 안 된다고 했습니다. 며칠 뒤부터 아버지가 가져온 약물로 치료를 시작했습니다.

그런 와중에 온몸이 불덩이처럼 열이 끓어올랐습니다. 기침을 했고요. 목이 아프고, 눈이 아팠습니다. 이명이 들리기 시작하더니 고막이 찢어질 것 같은 통증도 찾아왔습니다. 더 이상 일어나서 걷고, 움직이는 것이 불가능해졌습니다. 그런데도 머리는 어딘가 환해지는 것 같았고 기억력도 좋아지는 것 같았습니다. 통증은 계속되었고, 나는 분명 낫지 않고 있는데 말이죠.

아버지는 나에게 투여하고 있는 약이 회사에서 가져온 것이라고 했지만 그건 아버지의 말일 뿐입니다. 제대로 된 연구를 통해 만들어진 약물이라는 증거도 없고요. 만약 회사에서 가져온 게 맞다고 해도 정식 절차를 밟아서 가져오는 걸까요? 불법 약물을 빼돌린다거나……. 그런 상상을 하다 보면 가정 치료를 고집하는 아버지의 속내가 궁금해집니다. 여섯 살 때도 병원에 데려가지 않고 자연주의 치료만 고집했을까요? 병원에 갔다면 금세 나았을 병이 집에서 치료하느라 일 년이나 걸린 것이라면? 그때 내 머리가 망가져서 기억에 문제가 생긴 거라면? 아사 앞에서는 짐짓 괜찮은 척했지만, 아사가 돌아가고 아버지의 서재에 앉아 있는 동안 머릿속에 물음표가 둥둥 떠다녔습니다.

이제 조금 화가 납니다. 아버지가 나를 병원에 데려가지 않는 이유를 분명히 알아야겠습니다. 그런 마음이 들자 아버지의 서재가 모두 의심스러웠습니다. 어디에 무엇을 숨겨 두었을까. 아버지의 책상을 내려다보았습니다. 논문들이 있었습니다. 의학 저널이니 식물학 서적이니 하는 것들이 널브러져 있었고요. 내 병은 연구된 사례가 없거나 진단명이 없는 새로운 병이기 때문에 병원에 가지 못하는 것일지도 모르죠. 그래서 아버지가 직접 내 병에 대해 연구하고 있는 것이라면……. 하지만 아버지는 아무 말도 하지 않으니 내가 직접 알아내야 합니다.

혹시 몰라 종교 서적을 뒤져 보기로 했습니다. 아버지의 손때가 많이 탄 책부터 골라 보기 시작했습니다. 나쁜 짓을 하는 것처럼 심장이 떨렸습니다. 언제 아버지가 집에 돌아올지 모르기 때문에 더욱 두근거렸습니다. 분명히 가족과 관련된 서류나 내 병과 관련된 서류를 모아 둔 곳이 따로 있을 겁니다.

그때 도어락 열리는 소리가 들렸고, 나는 어지럼증을 느끼며 방으로 돌아갔습니다. 내가 서재를 뒤졌다는 걸 아버지가 몰라야 해요. 내가 당신을 의심하고 있다는 것을 몰랐으면 좋겠어요. 그렇게 나는 내 방 침대로 돌아와 그대로 쓰러졌습니다.

표본실의 비밀 대화

강묘원

창밖으로 보이는 우주에도 검정과 하양이 있다. 그리고 우주선에서 뿜어져 나오는 빨간 빛과 노란 빛도 있다. 날개 주변으로 반짝이고 있는 초록 빛은 우리가 향하는 방향을 알려 주는 거라고 했다.

우주선에서 깜빡 잠들었다가 깼을 때, 채널100「파인딩」의 제작진이 웃으며 말을 걸었다. 이제 백역에 거의 다 와 간다고 했다. 한 시간 정도 뒤면 백역의 가장 큰 공항에 도착할 것이라고 했다. "긴장되죠?" 하고 묻는 제작진과 그 뒤로도 이런저런 이야기를 했다. 갑자기 우주선에 대해서 설명해 주고, 백역 공항에서 사면 좋은 것들을 일러 주었다. 애써 내 긴장을 풀어 주려는 게 보였는데, 나는 긴장감보다는 두려움이 컸다. 백역행이 나를 위한 일이 아니라 누군가를 대신해 하는 일이었기 때문이다.

*

나는 늘 색깔이 좋았다.

회색 행성 마트에서 살 수 있는 옷들은 재활용 회사 제품이라 예쁜 색이 거의 없다. 우리 행성에서는 화학 색소에까지 사용료를 부과했다. 우리가 할 수 있는 일은 최소한의 쓰레기를 만들고, 지금까지 쌓아 온 쓰레기를 최대한 없애는 것이다. 그래서 우리 행성에서는 몇 군데 대형 재활용 공장을 제외하면, 유통되는 물건 대부분이 개인 공방에서 손으로 만들어진 것들이었다.

옷을 만들 때는 적어도 십 년은 묵은 천이나 옷감을 활용해야 할 때가 많다. 그래서 사실상 옷의 색을 고를 자유는 한정되어 있다. 새로 개발되는 옷감은 점점 질겨졌고, 색은 어두워졌다. 정확히 말하면 흐려지고, 어두워졌다. 아이러니하게도 회색 행성의 한정된 색은 스펙트럼이 넓다. 흰색, 검은색이 없을 뿐이다. 회색 행성에서 색깔이란 양쪽 끝의 따옴표가 없는 긴 문장 같았다. 여러 번 빨아도 잘 해지지 않을 튼튼한 옷감, 그리고 좀 더러워져도 크게 티가 나지 않을 색을 골라야 한다. 그러니까 수많은 색의 옷이 진열되어 있었지만 대부분 색이 흐릿했고, 인기 있는 색은 몇 되지 않았다. 그건 별로 안 멋진 사람들이 살아간다는 뜻이었다. 내가 찾는 밝은 옷이나 멋쟁이들은 회색 행성에 없다.

우리 지역이 가장 대표적이었다. 사람들은 모두 회색, 갈색, 카키색 옷을 입고 돌아다녔다. 다양한 곳에서 이주해 온 경우가 많아 우리 행성 사람들은 키도 제각각이고 피부색도 달랐는데, 옷 색깔만큼은 거기서 거기였다. 비슷한 것은 그뿐만이 아니었다. 행성 주민 대부분이 손으로 만드는 일을 하며 살아갔다. 엄마 아빠 그리고 이모, 삼촌, 언니까지 모두가 손으로 꿰매고 조립하는 일을 한다.

큰오빠는 폐가죽으로 재활용 가죽 가방을 만드는 공방을 운영한다. 오랫동안 직원으로 일했던 가죽 공장에서 만난 사장님 딸과 결혼해 평범하게 살아가고 있다. 작은오빠는 회계사로 일한다. 일찍이 외계 행성으로 나가 대학을 졸업하고 이 년 전쯤 회색 행성으로 돌아왔다.

엄마 아빠 그리고 언니 둘은 외가 식구들이 운영하는 물레 공장에서 일한다. 물레 공장이란 더 이상 입을 수 없는 옷이나 자투리 천을 모아 튼튼한 실을 만드는 공장이다. 우리 물레 공장은 특이한 색깔의 튼튼한 털실을 잘 만들기로 유명해서 외부 행성으로 수출하는 일에 주력하고 있다. 손물레로 실을 감는 작업은 나도 할 줄 알지만, 나는 그런 일을 하고 싶지 않다.

막내언니도 그랬다. 그래서 막내언니는 백역의 디자인스쿨에 진학했다. 원래 막내언니의 꿈은 다양한 색깔의 천으로 화려한 옷을 만드는 의상 디자이너였다. 하지만 언니의 성적과 기술로 진학할 수 있는 과는 패턴디자인과뿐이었다. 언니는 일단 이곳을 떠나는 게 중요하다고 생각했고, 결국 백역의 대학에 진학했다.

모두가 수작업에 익숙해진 지 오래되었고, 흐린 날과 흐린 색들에 익숙해졌다. 하지만 나만큼은 반짝반짝 빛이 반사될 만큼 환한 흰색이나 모든 빛을 먹어 버릴 것 같은 까만색을 입고 싶었다. 하양까지는 아니어도 샛노랑이나 밝은 보라색 같은 걸 찾으면 기분이 좋았다. 그런 옷을 찾은 날은 하루 종일 날아다니는 듯했다. 그래서 마음에 드는 옷을 발견하면 바로 사기 위해 여윳돈을 꼭 모아 둔다.

우리 행성에서도 온갖 색의 화학 염료를 쓰던 때가 있었다고 한다. 도서관에 가면 색표집이 있는데, 그건 컴퓨터나 기계 화면으로 보는 색과는 전혀 다르다. 내 눈이 유난한가? 그렇다면 잘된 일이다. 누구보다 예쁜 색을 잘 찾아낼 테니까. 그것이 유용한가? 그건 잘 모르겠다. 앞으로 내가 무슨 일을 하게 되느냐에 따라 달라질 것이다. 그래서 언니처럼 일단 백역으로 떠나고 싶었다. 거기엔 색을 중요하게 생각하는 직업이 많이 있을 것 같았다.

우리 집에는 형제가 많다. 먼저 오빠 둘과 언니 셋, 그리고 나까지 해서 총 육 남매. 그보다 많은 것은 고양이다. 온 동네 고양이들을 집으로 끌어들인 장본인이 엄마인지 아빠인지 모르겠다. 어쨌든 우리 부모님은 '키우는 일'에 뛰어난 것 같다. 처음에는 두세 마리가 드나들던 것이 이제는 밥 시간이 되면 온 동네 고양이

들이 우리 집으로 모인다. 우리 집에 발붙이고 살아가는 녀석들도 있다.

우리 육 남매 이름은 원 자 돌림인데 언니 오빠들은 모두 멀 원(園) 자를 쓴다. 멀리 꿈을 펼치라는 뜻에서다. 그런데 내 이름은 고양이 묘(猫)에 동산 원(園)이다. 그러니까 '원'이 들어가지만 멀리까지 가는 무엇이 되지는 못하고 겨우 동산이나 공원으로 남아 있어야 한다. 그것도 고양이들이 모이는 공원. 내 이름은 고양이 집 막내딸로서의 정체성밖에 없는 셈이다.

회색 행성에서 '고양이 공원'이라는 이름을 가진 중학생은 이 행성 너머의 멋진 생활을 꿈꿀 수밖에 없다. 가지고 있는 것이 너무 하찮아서, 이름마저 하찮아서 그럴 수밖에 없다.

어쩌다 이런 이름이 되었느냐고 아빠에게 따져 물은 적이 있다. 막내 고양이가 들어올 때처럼 기뻐서 그랬다는 말도 안 되는 대답이 돌아왔다. 진짜 엉망이다.

인수와 재은이는 유치원에서 만난 사이다. 우리 셋은 자연스럽게 한 팀이 되었다. 조용한 사고뭉치들로 늘 동네 이곳저곳을 뛰어다니는 게 일이었다. 대기 상태가 이렇게 안 좋아지기 전에는 온 동네를 뛰어다니며 탐험을 했는데, 큰 집도 그때 발견한 아지트다.

여러 가지 일이 기억에 남지만, 유독 내가 좋아하는 기억은 분필 공장 에피소드다. 이제는 회색 행성에 있을 수 없는 공장이지만, 내가 유치원 때만 해도 작은 분필 공장이나 제본소가 있는 동네가 있었다. 우리 유치원에서 내리막길을 내달려 몇 개의 주택단지를 지나야 하는 곳이었는데, 우리는 종종 그곳에서 하얀 분필 조각을 주워 와 바닥에 흰 선을 긋고 사방치기를 했다. 통통 뛰어다니며 우리는 서로를 이기려고 하며 자랐다. 그러다 보면 셋 다 비슷한 지점에 도착해 있었다.

인수네는 냉동식품을 유통하고 있다. 재은이네도 비슷하다. 재은이의 아빠는 이웃 행성에서 일하는 트럭 운전사이고 엄마는 마트에서 일한다. 재은이의 여동생 재린이는 여섯 살 때 진폐증 비슷한 병으로 죽었다. 재린이의 색색 소리가 쌕쌕 소리로 바뀌어 가던 때가 아직도 기억난다. 급속도로 나빠졌던 회색 행성의 대기 상태로 어린 아가가 숨을 쉬지 못하게 된 것이다. 재은이의 엄마는 원래 유치원 선생님이었는데, 그 일 이후로 그만두었다. 아마 재린이 또래 애들을 보는 게 힘들었을 것이다. 형제가 바글바글대는 건 우리 집뿐이라서 나는 다른 친구들과 놀러 다니는 게 좋았고, 애들은 형제가 없어서 나와 노는 걸 좋아했다.

우리는 지난 십 년간 떨어져 지내 본 적이 없다. 그래서 내가 백역에 다녀오기 위해 며칠 회색 행성을 떠나 있는 건 우리 팀이 만들어진 이래로 처음 찢어지게 되는 중대한 사건이다. 우주선에서 서라 생각을 하다 보니, 인수도 재은이도 떠올라 괜히 울컥했다.

백역의 중학생들은 어떤 꿈을 꾸는지 궁금했다. 서라의 비밀을 알게 된 뒤에도 서라는 학교 얘기를 거의 하지 않았다. 친구 이야기를 할 때도 꼭 시니교 얘기를 했다. 종교가 중요한 곳이라는 건 알겠는데, 다른 것들은 어떤지 궁금하다. 우리 막내언니가 다니는 패션 회사도 있고, 재은이네 친척 오빠가 진학한 대학교도 있는 그런 백역이 궁금하다. 이번에 백역에 가게 되면 그런 곳에 들러 보고 싶었다. 나는 백역이 회색 행성처럼 단조롭진 않을 거라는 막연한 기대를 저버리지 못했다.

작은오빠는 말했다. 회색 행성을 떠났다가도 결국 돌아오는 애들이 절반 이상이라고. 사람은 자기가 나고 자란 곳을 쉽게 떠날 수 없는 법이라고 했다. 어느 정도는 맞는 말이다. 진학반 친구들도 대부분 회색 행성을 아주 떠날 생각은 없다고 했다. 대학에서 공부를 하고 돌아와 회색 행성의 기관이나 환경 단체, 연구실에서 일하겠다는 것이었다. 회색 행성도 처음부터 회색 행성은 아니었으니까, 다들 그 푸르던 시절을 잊지 못하는 것이다.

나는 아직 아무것도 정하지 못했다. 가족의 물레 공장에서 일할 생각도 없고, 공부를 열심히 해서 대학에 진학할 생각도 없다. 그렇다고 손기술이 특별히 좋은 것도 아니어서 개인 공방을 열 생각도 없다. 막연히 백역에 가고 싶다고 외치고 다녔을 뿐 꿈이 없었다. 그런데 지금 나는 서라가 준 보라색 티켓을 가지고 백역으로 가는 우주선에 올랐다. 서라의 꿈을 위해서 말이다.

*

서라가 전학 온 첫날, 아이들이 모두 로그아웃한 뒤 서라와 둘이 나눴던 대화는 다음 날도, 그다음 날도 이어졌다. 목소리로 말할 때는 거의 없고 채팅창을 이용한다. 아마도 서라가 우리 행성의 공기에 적응하지 못해서 목이 아픈 게 아닐까 짐작했다.

그 뒤로 큰 집에는 가 보지 않았다. 인수가 다녀왔을 때도 사람은 없었다고 한다. 서라가 이사 온 집이 큰 집이라고 해도 가 보지 않을 것이다. 서라가 먼저 나를 집에 초대하기 전까지는 집에 대해 묻지 않을 것이다.

서라 너 보라색 좋아해? 오늘도 보라색 티셔츠네.

오늘도 서라는 목소리로 말을 거는 대신 일대일 대화창으로 이야기를 시작했다. 우리는 수업 중에도 몰래 일대일 대화를 이어가곤 했다.

묘원 응. 좋아해.

서라 나는 흰색도 검은색도 지겨웠어. 그게 전부인 세상에 갇혀 사는 느낌.

묘원 나는 뿌연 모래바람 속에 갇혀 사는 느낌이 싫은데.

서라 나는 여기에 오면 진짜 많은 색을 볼 수 있을 거라고 기대했던 것 같아.

묘원 엄청난 착각을 했네. 하지만 뭔지 알아. 나도 네 얘기 듣기 전에는 백역에 가면 갖가지 색깔의 옷을 입은 사람들이 돌아다닐 줄 알았어.

여기는 색이 있다가도 지워지는 모래 행성이다. 갖가지 색깔을 구하기 위해서는 모래로부터 도망쳐야 한다. 발가락에 끼어서 상처를 만들고, 다리에 붙어서 얼룩을 만들고, 머리에 엉겨서 엉망이 되는 모래로부터.

묘원 무지개를 찾으러 온 거라면 잘못 온 것 같은데.

서라 아니야. 나는 사람을 찾으러 왔어.

묘원 누구?

서라 반짝반짝 빛나고, 다정한 아이.

묘원 친구?

서라 친구가 되어야겠지.

서라는 곧잘 비밀스러운 말투로 말했다.

묘원 그래서 찾았어?

서라 찾을 수 있지 않을까. 가상 교실도 생각보다 마음에 들어.

묘원 백역은 여전히 학교에 갈 수 있지? 외출이 어렵지 않을 테니.

서라 응.

묘원 궁금하다. 교복 같은 것도 있어?

서라 교복은 없지만, 대부분 검은색 옷을 입고 등교해.

묘원 내가 제일 궁금한 색이야. 정말 새까만 색은 꼭 빛나는 것처럼 보이잖아.

서라 보라색을 좋아한다며.

묘원 보라색도 좋아하지! 검은색, 보라색, 그리고 심홍색도. 하지만 요즘엔 아주 연한 분홍색도 예쁜 것 같아.

서라 색을 정말 좋아하는구나.

묘원 응. 그래서 뿌연 모래 먼지가 더 싫은 거야.

서라 네 소개 좀 해 봐. 회색 행성 얘기를 해도 좋고.

묘원 갑자기?

갑자기 내 소개를 해 보라니. 이제 내 이름에 대해 이야기할 때인가.

묘원 내 이름이 좀 특이한데, 고양이 묘에다가 동산 원을 쓴 거거든. '고양이 동산'이라는 뜻. 진짜 웃기지? 사람 이름에 고양이라니.

서라 이름을 지어 주신 분이 고양이를 좋아한다거나 그런 거야?

묘원 아니. 그냥 고양이 집 막내딸이라서 막 갖다 붙인 느낌.

서라 고양이 집은 뭐야?

묘원 우리 집에 고양이가 많이 있거든. 전부 길고양이지만.

서라 재밌다.

서라를 보니 웃고 있었다. 병약해 보이는 웃음이었는데, 그냥 기분 탓일까.

묘원 나는 육 남매 중 막내야. 오빠 둘에 언니 셋, 그리고 막내가 나. 고양이는 훨씬 더 많고! 온 동네 고양이들이 우리 집을 드나들어. 우리 집에서는 내 존재감이 제일 희미해.

서라 그래도 형제가 많으면 좋을 것 같은데.

묘원 응. 뭐 나쁘진 않지. 그런데 언니 오빠들은 나랑 너무 달라서 대화가 잘 안 통해. 그나마 막내언니랑 좀 비슷한데, 막내언니는 백역에 있어. 진짜 부러워.

그때 서라의 눈이 반짝이는 것 같았다.

서라 너도 백역에 가고 싶은 거지?

고개를 끄덕였다.

서라 왜 하필 백역인데?

묘원 제대로 된 색깔의 옷을 입어 보고 싶어. 가상 공간이 아니라 사람을 직접 만나면서 살고 싶고. 새하얀 옷도 새까만 구두도 신어 보고 싶어.

서라 그게 다야?

묘원 응.

서라 그렇군.

서라가 알 수 없는 반응을 보였다. 곧이어 마이크 너머 콜록콜록 기침 소리가 들렸다. 아니, 콜록콜록보다는 컬럭컬럭에 가까웠다. 확실히 회색 행성의 공기가 백역 아이에게는 버거운 거겠지.

서라 재밌네, 너.

묘원 괜찮아? 기침 소리가 평범하지 않은데. 집에 공기청정기는 있지?

서라 공기 때문이 아니라 내 병 때문에 그래.

병이 있는데, 회색 행성으로 왔다고? 저렇게 기침을 하는데?

묘원 너 좀 신파극 인물 같아.

서라 신파극? 그게 뭔데?

묘원 우리 할머니가 가끔 쓰는 말인데. 막 비극적이고 가련한 주인공이 나오고 그런 거래.

서라 너희 할머니는 지구에서 마지막으로 탈출한 세대지?

묘원 몰라.

서라 우리 가족은 전부 백역 출신이야.

드디어 서라가 자기소개를 하려나 보다 했다.

하지만 수업이 끝나는 종소리가 들렸다. 아, 쉬는 시간만 아니면 계속 대화를 하는 건데! 선생님이 수업을 끝내자마자 역시 서라는 교실에서 나가 버렸다. 또 구름다리 쪽으로 가는 것 같았다. 3학년 교무실에 대해서도 언젠가는 물어봐야 하는데, 마음만 급하다.

"좀 친해지셨나?"

재은이가 장난스럽게 물어 왔다.

"서라랑?"

"응."

"친해졌다기보단 대화를 나누고 있지."

"그렇군. 큰 집에는 다시 안 가 봤지?"

"응. 인수가 별거 없다고 하더라."

"진짜 뭘까? 누가 뭘 하려고 왔었던 걸까?"

"갑자기 명탐정 놀이야?"

"그냥. 궁금하잖아. 그래도 우리 어린 시절 추억이 가득한 아지트인데!"

"그건 그렇지."

재은이는 금세 인수에게 뛰어갔다.

서라가 전학 오기 전에는 수업 시간에 졸기 바빴다. 쉬는 시간이 되어 애들과 떠들고 싶었다. 하지만 서라가 없는 쉬는 시간은 재미없는 시간이 되었다. 빨리 수업이 시작되어야 서라와 몰래 일대일 챗을 할 수 있다. 그러고 보면 좀 이상하다. 3학년 교무실에 아는 사람이 있다고 해도 쉬는 시간마다 갈 필요가 있나? 교무실이 아니라 다른 곳에 간다고 생각할 수도 있지만, 2동엔 과학실 같은 실습 공간이 있을 뿐이다.

조금 더 가까워지면 정확히 물어봐야겠다고 생각했다. 아무래도 지금은 이르겠지 싶은 마음이 드는 건 서라에게서 느껴지는 알 수 없는 벽 때문이다. 서라는 친구를 찾고 싶다지만, 아직까진 모두와 거리를 두고 있었다.

수업 시작 종이 울렸다. 마지막 수업 시간이었다. 교실에 돌아온 서라는 움직임이 거의 없었고, 채팅도 하지 않았다. 얼굴이 묘하게 무서웠다. 굳어 있는 표정, 피곤해 보이는 눈. 백역에서 학교생활을 하던 서라에게는 가상 교실에 적응하는 기간이 필요할 것이다. 몇 시간이고 모니터 앞에 앉아 있으면 온몸이 찌뿌둥하고, 눈이 시릴 때도 있으니 말이다.

묘원 괜찮아?

결국 내가 먼저 챗을 보냈다.

서라 응. 괜찮아. 왜?

묘원 기분이 안 좋아 보여. 피곤한 건가?

서라 피곤해.

묘원 그렇구나.

하지만 그냥 피곤한 것 같지는 않다. 말투에서 느껴지는 묘한 거리감. 서라는 아직도 내가 불편한 걸까. 서라는 조금 가까워졌나 싶을 때마다 다시 벽을 세우는 듯했다.

묘원 마지막 수업이니까 조금만 더 힘내.

서라 응. 그래야지.

그러고도 수업 시간 내내 서라는 조용했다. 갑자기 나와 말을 하지 않기로 작정한 사람처럼. 내가 뭘 잘못했나? 채팅창을 올려 보았지만, 특별히 눈에 띄는 것은 없었다. 서랍에서 사탕을 꺼내 입에 넣었다. 비파 맛이 화하게 입안에 퍼졌다. 막내언니가 백역에서 보내 준 사탕인데, 서라도 아는 거겠지 싶어 사진을 찍어 채팅창으로 보냈다.

묘원 이거 알아? 막내언니가 백역에서 보내 준 건데.

서라 응. 이거 노란색도 맛있어.

묘원 나 노란색은 못 먹어 봤는데!

서라 다음에 내가 줄게.

묘원 좋아! 나 이 사탕 너무너무너무 좋아함!

그리고 서라는 다시 말이 없었다. 종례 시간에도 서라는 조용했다. 모니터 너머에 앉아 있는 게 맞는지조차 알 수 없었다.

결국 나는 서라에게 다시 말을 걸지 못했다.

서라 조용히 얘기할 수 있는 공간 없어? 채팅 말고 직접 대화할 수 있는 곳.

이튿날 오전, 숙제 검사를 받는 동안 서라가 먼저 말을 걸었다.

묘원 가상 교실에서?

서라 응.

비밀스러운 곳이라면 과학실이나 표본실이 있다. 1동에 있는 음악실이나 무대공연실은 동아리 활동을 하거나 연습을 하는 아이들이 드문드문 있기 때문에 2동으로 가는 게 좋을 것이다. 2동

1층의 과학실, 그리고 표본실이 딱이다.

묘원 2동 1층 과학실? 표본실도 있고.

서라 과학실에 사람이 잘 안 와?

묘원 응. 아무래도 우리 행성에서는 실험에 제약도 많고.

서라 표본실은 뭔데?

묘원 말 그대로 생물 표본들이 있는 공간이야. 그런데 거긴 과학실이랑 급이 달라! 완전 리얼하다니까?

서라 리얼?

묘원 모니터에 뜨는 표본이 손에 잡힐 듯 입체적인데! 너무 사실적이어서 못 보겠다고 하는 애들도 많아. VR 고글을 쓰면 영상으로 해부 과정도 볼 수 있어. 직접 해 보는 것처럼 시선 처리가 예술이야!

서라 너 흥분했다.

묘원 사실 학교가 가상 교실로 바뀌면서 다 엉망이 됐다고 생각했거든? 체육관도 없고, 친구들이랑 같이 밥 먹는 식당도 없는 거니까. 그런데 표본실이나 전시실 같은 라이브러리 공간은 꽤 멋지거든. 뭐든 장단점이 있는 거겠지.

서라 오늘 학교 끝나고 시간 괜찮으면 표본실에서 보자.

서라가 나에게 먼저 대화하고 싶다고 했다. 그것도 교실 밖에서 따로 만나고 싶단다.

서라 목소리로 대화하고 싶어.

이번에는 내가 말을 할 수 없었다.

서라 할 말이 있어.

또 두근거리기 시작했다. 비밀스럽게 해야 하는 말이 있다니! 그럼 나한테만 하고 싶은 이야기라는 거잖아. 서라는 나를 특별하게 생각하는 건가? 표본실에서 나누는 비밀 대화라. 꽤 미스터리하잖아! 숙제 검사를 받는 동안 선생님이 하는 말은 거의 들리지 않았다.

수업이 다 끝나자마자 서라는 이미 〔자리비움〕 표시를 띄운 상태로 교실에서 보이지 않았다. 선생님이 학기 말에 있을 학예회 준비는 어떻게 하고 있느냐고 따로 물어보는 통에 점점 안달이 났다. 그러는 사이, 방과 후 활동을 하는 아이들이 자리를 비우고 대부분 애들은 로그아웃했다. 하지만 인수와 재은이가 끝까지 교실에 남아 떠들었다. 인수는 새로 만든 로봇이 어떻다는 둥 가격이 얼마까지 올랐다는 둥 자랑을 했지만 정확한 내용은 귀에 들어오지 않았다. 그때 재은이가 우리 집으로 놀러 오겠다고 했다.

"오늘은 안 돼."

“왜? 오늘 공기도 괜찮은 것 같은데, 오랜만에 너희 집에서 모이자!”

“안 돼. 할 일 있음.”

“일? 무슨 일?”

“별건 아니고.”

“뭐야. 누가 아프셔?”

인수가 걱정스럽게 물어 왔다. 아이들에게 서라와 만나기로 했다는 말은 할 수 없어서 미안했다. 어떻게든 자리를 비우고 서라와 만나야 한다. 일단 아이들을 따돌리기 위해 로그아웃을 하기로 했다.

“내가 나중에 얘기해 줄게. 나 먼저 나간다!”

가상 교실 시스템에서 로그아웃을 하고 십 분이 지났을까. 조심스럽게 다시 로그인을 했다. 인수와 재은이가 없었다. 내가 나가자 따라서 로그아웃을 한 것 같았다. 급하게 서라의 상태를 확인했다.

〔자리비움〕.

어서 과학실로, 아니 표본실로 가야 한다. 마우스와 키보드를 누르는 손에 땀이 찼다. 표본실에서 서라는 뭘 하고 있을까? 다른 학생들이 있는 건 아닐까. 채팅을 먼저 보내며 2동으로 넘어갔다.

묘원 애들 따돌리느라 로그아웃했다가 다시 들어옴. 표본실이야?

서라의 답장이 없었다.

묘원 윤서라.

서라는 계속 답이 없었다. 〔자리비움〕 표시도 그대로였다. 표본실에 들어가니 다행히 아무도 없었다. 주변 복도도 조용했다. 표본실 문에 붙어 있는 시간표를 보니 수업이나 방과 후 모임이 있을 것 같지는 않았다.

묘원 어디 갔나? 서라라라라.

서라 미안. 나 잠깐 뭐 하느라.

묘원 뭐 했는데?

서라 주사 맞고 왔어.

묘원 어? 너 어디 아파? 병원이야?

병원이라면 학교에 접속해 있을 리가 없는데, 뭐지?

서라 집이야. 집에서 치료 중이야.

묘원 아픈데 이사하느라 힘들었겠다.

서라가 아프다는 사실을 알고 나니 갑자기 분위기가 이상해졌다. 무슨 말을 하려고 나를 따로 부른 건지도 모르겠어서 조금 두려워졌다. 아까와는 다르게 두근거렸다.

"묘원아."

서라의 목소리가 들렸다. 급하게 마이크를 켜고 대답했다.

"윤서라?"

"응."

"목소리로 대화하니까 또 신기하네."

"넌 뭐가 그렇게 신기해? 내가 신기해?"

"응. 그냥 새로운 존재니까? 전학생은 원래 호기심의 대상이 되는 거야."

"내가 백역에서 와서 그런 건 아니고?"

"어, 맞지. 그것도 맞는 말이긴 해."

"푸흐흐. 너는 정말 솔직하구나. 그럼 지금부터 내가 하는 말도 솔직하게 하는 말이라고, 거짓이 아니라고 믿어 줄래?"

"응."

"……너는 뭐가 그렇게 쉬워?"

"뭐가?"

"사람을 믿는 거 말이야."

"믿어서 나쁠 거 없잖아."

"나쁠 수도 있잖아. 너를 속이려는 의도를 가진 사람이라면 말이야."

"그럼 속상하겠지. 하지만 내가 믿은 게 잘못된 건 아니니까."

서라의 눈빛이 뜨겁게 느껴졌다. 가상 교실에서 보는 화면일 뿐이니 온도가 느껴질 리 없는데도 그랬다. 어두운 표본실에서 보는 서라의 얼굴은 더 이상 하얗게 보이지 않았다. 서라의 옷도 회색처럼 보였다. 이 아이는 무슨 이야기를 하고 싶어서, 그리고 왜 하필 나에게 이야기하고 싶어서 나를 불렀을까. 서라는 처음 와 보는 표본실을 둘러보지도 않고, 그저 나만 똑바로 보고 있다.

"이야기가 길어질 수도 있어. 괜찮겠어?"

"응."

"나에 대한 이야기를 할 거야. 하지만 쉬운 이야기는 아니고."

"잠깐. 그런데 왜 하필 나야?"

"그냥 나도 너를 믿어 보려고. 또 다른 사람을 찾기엔 나한테 시간이 얼마 없는 것 같고."

서라의 말이 이해될 듯 말 듯 했다. 자기 느낌을 믿겠다는 건 이해가 되었지만, 무슨 이야기를 해야 하기에 그런 믿음이 필요한지는 이해되지 않았다. 그리고 아프다는 것도, 시간이 많지 않다는 것도 왠지 나를 무섭게 만들었다.

"나는 복제 인간이야."

복제 인간? 복제 인간?! 지금 서라가 복제 인간이라고 했다. 잠깐만. 백역에는 그런 경우가 흔한가? 아니, 복제 인간을 만드는 게 그렇게 쉽다고? 아니지. 나에게 복제 인간인 걸 왜 알려 주는 거지? 복제 인간이라는 걸 굳이 알려 줄 필요는 없지 않나?

서라가 이제 겨우 한 마디를 꺼냈을 뿐인데, 혼란은 모래바람처럼 휘몰아쳤다.

"복제 인간?"

되묻긴 했지만 믿어야 할지, 이상하게 생각해야 할지 혼란스러웠다.

"응. 나도 믿기지 않지만."

"그게 무슨 말이야? 저기…… 서라야, 진짜 무슨 말을 하는 건지 모르겠어. 하나도 이해가 안 되는데."

"나는 윤서라의 두 번째 복제품이야. 얼마 전에 그걸 알게 됐고, 그 사실을 누군가에게 알리고 싶어서 회색 행성으로 왔어."

"네 친구들에게는 말할 수 없어서? 아니, 네가 복제 인간이라서 회색 행성으로 도망쳐 왔다는 거야?"

이 모든 말이 잘 이해가 안 된다. 그러니까 사람이 잘 오지 않는 공간을 찾아서 나한테 일대일로 대화하자고 한 이유가 자기가 복제 인간이라는 사실을 고백하기 위해서였다고? 그리고 하필 왜 나야?

"왜 나한테 이런 이야기를 하는 거야?"

"나는 시간이 얼마 없는 것 같아. 원래 윤서라가 아팠던 것처럼 내가 아프기 시작했어. 그래서 휴학계를 내고 집에서 치료를 받고 있어. 아버지는 독실한 시니인이야. 너, 시니인이 뭔지 알아?"

시로니 어쩌고. 백역에는 대부분의 사람들이 믿는 종교가 있다고 들었다. 그 종교를 믿는 사람들이 개척한 행성이 백역이라는 이야기도 들은 적 있다.

"시로니 어쩌고. 그거 믿는 사람 말하는 거지?"

"응. 시로니타스. 그게 우리의 종교야."

시로니타스. 우리의 종교. 그러니까 아, 너희의 종교.

"그러니까 너는 복제 인간이고, 시로니타스라는 종교를 믿는다는 거지? 아버지도 그렇고?"

"응. 맞아."

혼란스럽다. 난생처음 접하는 개념들이 마구 튀어나왔다. 보통 친구가 될 때는 안녕, 내 이름은 강묘원, 어디어디 살아. 난 형제가 많아. 고양이를 많이 키우고, 색깔을 좋아해. 이런 식으로 가는 거 아니었나? 그런데 윤서라는 대뜸 자신이 복제 인간이라고 고백한다. 그러니까 이건 친구가 되자는 대화는 아닌 건가.

"시로니타스교의 교리에서는 '자연'이 제일 중요해. 타고난 그대로의 것. 자연의 섭리대로 흘러가게 하는 것이 중요하지. 그러니까 시니인은 태어난 본연의 모습으로 살아가는 게 중요할 수밖에 없어. 최근에는 분위기가 조금씩 달라지고 있지만 기본적으로 시니인이 장기를 이식받거나 하는 건 종교적으로 굉장히 어려운 문제지."

표본실에서 봤던 동물 해부 영상이 떠올랐다.

"더구나 장기를 복제하거나 복제 장기를 이식받거나 하는 건 분명히 금지되어 있지. 그런데 내 아버지는 나를 살리고 싶어서 복제 인간을 만들었다는 거야."

"살리고 싶어서?"

"뭔가 이상하게 들리지?"

"사실 지금 네가 얘기하는 모든 게…… 덜컥 이해하기는 어려워서."

"그렇겠지. 미안해."

"아무것도 모르는 내가 네 이야기를 듣는 게 도움이 될까?"

"들어 보고 네 의견을 이야기해 줄래? 네가 어떤 반응을 보여도 상처받지 않을 테니까."

표본실이 완성되던 날, 너무 생생하게 재현된 홀로그램 표본을 보고 소리를 지른 친구가 있었다. 처음 보는 생물의 모습에 기괴함을 느낀 친구도 있었다. 그런 친구들에게 표본실은 다시는 경험하고 싶지 않은, 어렵고 이상한 곳이 되었다. 그때 나는 그런 친구들을 겁쟁이라고 놀리며 웃었는데. 지금 서라 앞에서 당황한 내 모습이 더 우스울 것 같았다.

"너희 아버지가 이해되지 않는 게 아니야."

서라가 갑자기 말이 없어졌다.

"그 마음이 이해가 안 되는 건 아니니까. 어쨌든 이 세상에 존재

했던 윤서라를 잃고 싶지 않아서 한 일이잖아. 딸과 헤어지고 싶지 않았던 아버지의 마음 말이야."

백역에서 온 하얀 아이. 백역의 아이와 친해지고 싶었다. 나는 늘 백역을 꿈꾸며 살았으니까 백역에서 왔다는 것만으로도 윤서라는 내게 특별했다. 백역에 함께 가는 상상도 벌써 해 봤다. 내가 백역에 가려고 서라랑 친구가 되고 싶은 건가? 그런 이기적인 마음일지도 모른다. 어쨌든 나는 윤서라와 친구가 되고 싶었다. 하지만 이 아이도 나와 친구가 되고 싶은 건진 모르겠다. 이 모든 이야기가 혼란스럽다.

"나는 나를 이해할 수 없어."

"복제 인간이라서?"

"그것도 잘 모르겠어."

"나도 네가 무슨 이야기를 하고 있는 건지 이해하기 어렵다."

"미안해."

"아냐. 미안하라고 한 말은 아니고! 복제 인간이라든가 하는 걸…… 난 사실 상상해 본 적도 없거든."

"너무 일방적으로 말한 것 같아서 미안해. 하지만 그 정도로 마음이 급했어. 만약 네가 믿음직한 아이가 아니라서 내가 피해를 입게 된다고 해도 어쩔 수 없다고 생각할 정도였으니까."

"응. 알았어. 나 도망 안 갔어. 여기서 잘 듣고 있으니까 계속 말해 봐."

침을 삼키는지 눈물을 삼키는지 알 수 없었지만, 서라가 숨을 고르며 몇 번이나 꼴딱꼴딱 목 넘김을 했다. 그게 화면으로 보일 정도로 나는 서라와 가까이 있었다.

겨우 중학생인데, 내가 뭘 알 수 있을까. 갑자기 모든 것이 막막하고 암담하게 느껴졌다. 서라의 상황에 안타까움을 느껴서 더 그랬다. 서라가 숨 쉬는 소리가 귀를 사로잡았다. 기관지에 문제가 있거나 폐병을 앓는 친구들의 숨소리와 비슷했다.

우리 행성의 학교들이 하나둘 문을 닫기 시작하던 때가 떠올랐다. 아이들은 아팠고 어른들은 힘들었다. 모두가 혼란스럽고 괴로웠지만, 회색 행성에 남은 사람들은 살길을 찾았다. 우리는 가상교실에서 다시 만난 얼굴들이 반가운 한편, 낯설어 무섭기도 했다.

"다시 이야기를 시작할게."

서라가 말했다. 나는 용기를 내기로 했다. 무엇이든 이 아이에게 도움이 되고 싶다는 마음이 들었다. 말 사이사이 들리는 아픈 숨소리 때문만은 아니었다.

"처음에는 피부 발진으로 시작했고, 어느 날엔가는 온몸이 끓는 듯이 열이 났어. 기침을 하고, 목이 아프고, 열 때문인지 눈이 아팠어. 그러다 이명이 들리고, 고막이 찢어질 것 같은 고통도 느꼈어."

"갑자기 온몸이 아프기 시작한 거야?"

"응. 정말 갑자기."

"그래서 병원에는 갔어? 무슨 병이라고 한 거야?"

"아버지는 날 병원에 데려가지 않았어."

"시로니 어쩌고라서?"

"모르겠어. 나는 이제 방 안에서 겨우 움직이는 정도고, 아버지는 자연주의 치료라는 말로 자꾸 나를 안심시키려 했어. 하지만 내 불안은 나도 모르게 점점 커졌어."

"어머니는?"

"어머니는 일찍이 실종되셨으니까. 집엔 아버지와 나뿐이야."

"무섭지 않아?"

"……무서워."

서라가 말을 잠시 멈췄다.

"그 무서움 때문에 알게 된 거야. 아버지의 방에서 뭐라도 찾아보려고 했던 날, 내가 복제 인간이라는 서류를 발견했어. 심지어 비슷한 서류가 하나 더 있었고, 내가 두 번째 복제 인간이라는 걸 알았지. 추측이지만, 진짜 서라도, 다른 복제 인간 서라도 나랑 같은 증상을 보이다가 죽어 갔겠지. 이번에 내가 죽는다면 말이야, 그……."

우린 아직 어린데. 이렇게 어린데 '이번에 내가 죽는다면……' 이라는 말을 하게 만들다니. 서라의 병도 서라의 아버지도 너무하다는 생각이 들어서 왈칵 울음이 올라왔다.

"그러니까 이번에 내가 죽으면 아버지는 서라를 또 살려 내기 위해 세 번째 복제 인간을 만들어 낼 거야."

"그게 걱정되는 거야?"

울음을 삼키고 겨우 물어본 말이었다.

"응. 내가 죽을까 봐 무섭고, 다른 서라가 생길까 봐 무섭고, 그게 왜 무서운 건지 모르겠어서 무서워. 그리고 아버지가 나 때문에 미친 걸까 봐 걱정 돼."

그때 서라가 갑자기 주변을 돌아봤다. 어떤 소리도 들리지 않았다. 저 방에서 무슨 일이 일어나는 걸까? 생각하는 순간 서라가 바닥에 누웠다. 컴퓨터를 끄지 못한 채 급하게 누운 것 같은 모습이었다. 곧이어 남자 어른의 목소리가 들렸다.

"오늘은 괜찮았니?"

"네, 괜찮았어요. 커, 컴퓨터도 했어요."

"그래. 다행이다."

"웬일로 이렇게 일찍 오셨어요?"

"잠깐 들른 거야. 이람 지구에 일이 있어서 다녀올 거라 오늘 저녁엔 늦을 거야. 괜찮겠니?"

"네."

"무슨 일 있으면 바로 연락해라."

"네."

"응급실은 안 되는 거 알지?"

"네, 알아요. 연락 잘할게요. 어서 다녀오세요."

두 사람의 대화에 귀를 기울이면서도 내 정체가 들킬까 봐 조마조마했다. 나는 분명 모니터 속에 있는데, 서라의 아버지가 성큼성큼 걸어와 내 얼굴을 봐 버릴까 봐, 그래서 서라의 이야기를 더 이상 들어 주지 못하게 될까 봐 무서웠다. 심장이 너무 쿵쾅거려서 입 밖으로 튀어나올 것 같았다. 문소리가 들리고, 얼마 지나지 않아 서라가 몸을 일으켰다.

"아버지가 이 시간에 집에 온 적이 없는데…… 혹시 들킨 건 아닐까?"

"나도 들킬까 봐 완전 쫄았어."

"아냐. 괜찮을 거야."

"그렇게 걱정하고 무서워하면서 사는 건 뭔가 잘못됐다고 생각해."

"응, 알아. 학대일지도 모른다고."

"학대가 아니면 뭐야? 정서적으로 너를 통제하고 있는 것도 그렇고, 네 몸이 아프잖아. 그런데 제대로 된 치료도 못 받고 있는 거 아니야?"

"그러니까 날 도와줘."

"어? 내가?"

서라의 진짜 이야기는 여기부터였다.

"도와줘. 네가 할 수 있는 일이 있어."

용기의 법칙

윤서라

다정하고, 용감하고, 백역에 관심이 있는 아이를 찾자. 눈에 띄는 아이를 찾자. 그리고 용감하게 다가가서 모든 걸 말해 버리자. 이미 되돌릴 수 없는 일이야.

그렇게 생각했습니다. 보라색 옷을 입고, 날 보며 상기된 얼굴로 웃는 묘원이를 보는 순간, 내 계획이 성공할지도 모른다는 생각이 들었습니다.

*

시로니타스 성지(城地)의 유리 돔은 열리지 않습니다. 아무나 들어갈 수도 없고, 아무나 열 수도 없는 곳입니다. 하지만 성지 순례 기간이 돌아오면 얘기가 달라지지요. 누구나 성지 순례를 갈 수 있는 건 아닙니다. 미리 신청해야 하고, 성전에서 신청자의 신원을 확인해 주어야 합니다. 세례는 받았는지, 교육은 어디까지 받았는지, 심지어는 가족 관계가 어떻게 되는지까지 확인합니다. 어린아이들은 예외입니다.

14월 마지막 주가 되면서부터 돔 주변으로 노점이 들어섰습니다. 15월 한 달간은 돔 주변이 시끌벅적할 것입니다. 사람들은 노점에서 맛있는 걸 사 먹기도 하고, 향초나 향로, 그릇, 액세서리를 구경합니다. 어느 행성, 어느 우주에서 온 외부인이든 이때만큼은 모두 반갑게 맞이합니다. 그러니까 돔 안에서는 신자들이 성스러운 시간을 보내고, 돔 바깥에서는 이방인들을 환대하는 것입니다.

15월에는 갖가지 꽃이 만개해 세상을 가득 채웁니다. 하양과 검정으로 단조로운 이 행성에서 화사하게 또 화려하게 피어나는 꽃들은 이색적으로 느껴집니다.

아버지는 돔 출신으로, 성지 구역의 매우 종교적인 집안에서 자랐습니다. 대학에 진학하면서야 돔 바깥에서 생활할 수 있게 되었습니다. 박사 과정을 마친 뒤에는 대학에서 강의를 하기도 했지만, 연구실에 있는 시간이 더 좋았다고 합니다. 아버지는 앞날에 고민이 많던 때에 예배당에서 어머니를 만났습니다. 어머니는 홀로 예배당에 나오는 조용한 사람이었다고 해요. 그림자처럼 때로는 유령처럼 스윽 나타났다 사라지는 모습이 오히려 아버지의 눈길을 끈 것입니다.

아버지가 결혼을 결심했을 무렵, 제약 회사에서 입사 제안이 왔습니다. 아버지는 그렇게 연구원 생활을 하게 되었습니다. 아버지에게는 잘된 일이지만, 나에게 잘된 일인지는 모르겠습니다. 당신 마음대로 복제 인간을 만들어 버리게 된 것도 연구에 몰두한 외골수였기 때문인지 모릅니다. 나를 위한 일이라고 해도, 당신을 위한 일이라고 해도 쉽게 이해되지는 않습니다. 더군다나 종교적인 사람이라는 점을 생각하면요.

나는 부모님을 따라 자연스럽게 시니인으로 살아왔습니다. 아버지는 예배당의 성부님이나 전도사님들보다도 말씀을 잘 압니다. 그런 아버지가 딸을 살리고 싶어 복제 인간을 만들었다? 믿을 수 없는 일입니다. 내가 복제 인간이라는 것을 믿고 싶지 않았던 것에는 그런 이유도 있습니다. 아버지는 종교적으로는 자연에 대항했고, 과학자로서는 윤리 의식을 저버렸다는 비판을 받을 것입니다. 법적으로도 큰 문제가 되겠지요. 내 정체를 들키면 아버지는 아동 학대범으로 잡혀가게 될까요, 미치광이 과학자로 잡혀가게 될까요?

내가 아버지 뜻을 따랐던 건 아버지가 옳아서가 아니라 틀리지 않았다고 생각했기 때문입니다. 반항하지 않은 건 감정적인 이유가 크겠지요. 아버지가 좋지만 두렵고, 또 싫지는 않은 이상한 감정 말입니다. 한편으로는 그냥 받아들이고 이해하고 싶었던 것 같습니다. 하지만 결국엔 불가능한 것이었어요. 딸의 죽음을 숨기고, 집을 나간 아내의 흔적을 지우고, 복제 인간을 만들고, 또 병원에 가지 않는 이 모든 것이 아이러니한 선택의 연속이었으니까요.

늘 단정한 모습을 한 아버지의 모습이 멋있어 보였습니다. 지저분하게 기른 머리카락에 씻지 않아서 꼬질꼬질한, 상상 속 광인과는 달라 보였어요. 그런 식으로 나는 아버지에게 면죄부를 주고 있었는지도 모릅니다. 그건 나에게 주는 면죄부였을 수도 있어요.

매일 아침 기도를 하고, 나를 위한 식사를 만들어 두고, 내 상태를 살피고 기록하고 연구하는 아버지의 모습은 때때로 성스럽게 보이기까지 했습니다.

"서라야."

하지만 더 이상 아버지가 내 이름을 다정히 부르지 않는다는 것을 깨달았을 땐 온몸에 소름이 돋았고, 슬픔과 두려움이 뒤섞여 폭풍처럼 몰려왔습니다.

"서라!"

"으응?"

"너 좋아하는 거 사 왔다니까!"

아사가 종이봉투를 내밀었습니다. 친구들과 돔 근처로 놀러 나갔다가 돌아가는 길에 들렀다더니, 내 선물을 사 온 모양이었습니다.

"무슨 생각 해? 너 울어?"

"나 울어?"

"울 것 같은 눈이라서. 그렇게 감동이냐?"

"어? 어, 고마워."

아사가 건넨 종이봉투를 받아 들었습니다.

"고마운 사람 반응이 아닌데? 이렇게 재미없다고?"

아사가 다정하게 내 이름을 부르는 목소리에 아버지 생각이 난 것입니다.

"우리 아버지 말이야. 이상하지?"

"응. 이상하지."

"역시."

아사도 우리 집에 오기 전에 메시지를 보내 아버지가 퇴근하셨는지를 먼저 물었습니다.

"그런데 내 말 뜻은 일반적이지 않다는 거야. 잘못된 건지는 모르겠다."

"응?"

"잘못됐다는 것도 다 각자의 가치관이나 기준으로 판단하는 거니까."

"그래도 누가 봐도 잘못된 일이라는 게 있잖아."

"그것도 다른 기준이 있어서 그런 거 아니야? 법이라든가 도덕이라든가 뭐, 판단에 영향을 주는 것들. 그게 얼마나 객관적인가 진실한가, 그런 거랑은 상관없이 말이야."

그렇게 말하고 아사는 내가 붙잡고 있던 종이봉투를 다시 빼앗아 갔습니다. 그러고는 봉투를 열어 자기가 고른 물건들을 하나하나 설명해 주었습니다. 내가 한동안 열심히 모았던 『공룡과 사과』 시리즈의 새 스티커, 『외계 주스 콜렉터』 8권과 『구구와 솔개』의 팬들을 위한 애장판 등이 있었습니다.

"서점 다녀왔어? 나는 소품점 다녀온 줄 알았어."

"거기도 들렀는데, 특별히 예쁜 건 없더라. 다 전에 봤던 것들이었어."

"모니랑 간 거야?"

"응. 맞다! 모니 새 이름 받기로 했대."

시니인들은 이름을 아주 중요하게 여깁니다. 개인적인 결심이나 신을 향한 새로운 약속에 따라 이름을 바꾸기도 하지만, 보통은 세례나 입교 과정에서 새 이름을 받습니다.

"새 이름 받는 행사는 이미 9월에 있지 않았나?"

"맞아. 아마 가족 행사로 따로 할 모양이야. 가족 다 같이 이름을 바꾼다고 하더라고."

"완전히 개명한대?"

"그건 어렵지 않을까?"

시니인들은 새 이름을 받으면 원래 가지고 있던 이름을 버리기도 합니다. 법원에 가서 정식으로 개명 신청을 하는 겁니다. 하지만 이름을 자주 바꾸는 사람들은 그 과정을 생략하고, 주변 사람들에게만 알리기도 합니다. 법원에서 허가가 나기까지 오랜 시간이 걸리기 때문입니다. 그래서 이름을 자주 바꾸는 친구들을 보면 우스갯소리로 "새 이름 짓는 것보다 법원을 짓는 게 더 빠를 듯." 하고 놀리기도 했지요.

아사도 어렸을 때는 다른 이름을 가지고 있었던 것 같습니다. 하지만 내가 기억하는 이름은 언제나 아사였기 때문에…… 물어보지는 못했습니다. 아사는 나의 옛날 이름을 기억하고 있겠지요. 그래서 물어보지 못했던 것도 같습니다. 내가 기억하지 못하는 옛날의 서라는 내가 아니니까요. 어쩌면 나에게 중요한 건 이름이 아닌 것 같습니다. 내가 기억하지 못하는 데에는 그럴 만한 이유가 있겠지요. 아버지가 내 기억 메모리에 넣어 주지 않은 이유도 있을 거고요. 그렇게 생각해 버리면 편합니다.

"그래서 새 이름이 뭔지 안 궁금해?"

아사가 내게 물어 왔습니다.

"넌 알아?"

"몰라. 예배 시간에 알게 되겠지 뭐."

예배당에 갈 때는 하얀 옷을 입습니다. 하얀 것은 가장 선한 것, 아름답고 귀한 것이기 때문입니다. 아버지는 예배당에 갈 때 신는 신발을 따로 사 주었습니다. 언젠가 하얀 옷의 의미에 대해 아버지께 여쭤봤는데, 경전에 하얀 옷을 입으라는 조항이 쓰여 있는 것은 아니라고 했습니다. 우리가 예배당에 갈 때 갖춰야 할 어떤

'마음'이라고 했는데, 나는 그 마음이 잘 이해되지 않았습니다.

학교에 갈 때는 검은색 옷을 즐겨 입었습니다. 그게 요즘 열다섯 살 아이들이 선택한 것이니까요. 예배당에는 또래 친구가 많지만 학교에는 친구가 별로 없습니다. 아사 덕분에 친해진 학교 친구 둘이 있는데, 그게 모니와 강하입니다.

아홉 살 때 다른 행성에서 이주해 온 강하는 나를 처음 만난 날을 잊을 수 없다고 했습니다. 내가 강하와 악수를 하려고 손을 내밀었을 때, 아버지가 내 손을 확 낚아채 버렸기 때문입니다. 그때 강하는 머릿속에서 쇳소리가 날 수 있다는 걸 알았다고 했습니다. '딩' 혹은 '댕' 같은 소리요. 그건 강하의 언니도 마찬가지였다고 합니다. 시니인들이라 이방인들에게 적대적인 거라고 생각하기도 했대요. 내가 아프기 때문에 아버지가 유난하다는 것을 알게 되어 곧 오해가 풀렸지만, 그 후에도 강하네 집에 놀러 가면 강하의 언니가 "귀한 서라 놀러 왔어?" 하고 놀렸습니다.

얼마 전부터 아버지는 먹는 약 외에 주사제도 투여하자고 하셨습니다. 어떤 주사인지도 모른 채 맞는 건 실험 동물이 된 기분입니다. 아버지는 내 몸의 오류를 잡아 줄 주사라고 했습니다. 처음의 서라도, 그다음 서라도, 지금의 나도 같은 병을 앓고 있는 것이라면 유전적인 결함일 확률이 높습니다. 유전적 문제라면 서라의 복제품인 나도 당연히 유전적 문제가 있을 겁니다. 아버지의 책상에서 보았던 몇 가지 논문도 기억합니다. '유전자 가위'와 관련된 것이었지요.

넷에 접속해 이것저것 검색했지만, 예상보다 많은 게 나오지 않았어요. 은밀한 정보겠지요. 아직 열다섯 살에 지나지 않는 내가 찾을 수 있는 정보는 아닐 거예요.

나는 유전자 가위 기술과 관련된 다큐멘터리를 찾았습니다. 유전자 편집 기능이 있는 '메테우스'라는 약에 관한 다큐멘터리입니다. 아버지가 부디 일찍 잠들기를 바라면서 조용히 이어폰을 끼었습니다.

다큐멘터리에서도 메테우스를 일종의 음모론처럼 다루고 있었습니다. 유전적으로 문제가 있어 생기는 병을 유전자 가위로 잘라 병을 예방하거나 치료하는 약이라는 것이 기본적인 설명이었습니다. 그러나 정작 다큐멘터리의 주요 내용은 과학적인 정보보다는 그 뒤에 가려진 윤리적 문제와 불공정 이윤에 관한 이야기였습니다. 유전자 가위 역할을 하는 단백질을 만든 것은 신의 영역에 대한 도전이 아닌가 하는 윤리적 입장은 이해가 되었습니다. 그래서요? 그다음이 중요했습니다. 그것을 이용한 사람들의 입장이 궁금했습니다. 왜 그 약을 선택했는지, 선택한 뒤에 무슨 일이 일어났는지, 건강해졌는지, 마음도 건강한지…….

다큐멘터리 속 메테우스를 이용하는 사람들은 마치 확실하지 않은 물질을 주입하는 중독자나 맹신자처럼 그려졌습니다. 분명 메테우스를 만든 과학자와 그 연구실은 상을 받았고, 유명한 과학 저널에 논문을 실었다고 했습니다. 그렇다면 이용자들을 그렇게 비춘 이유는 뭘까요? 왜 메테우스를 사용하는 건 잘못됐다고 돌려 말하는 걸까요?

"하지만 왜 잘못된 건데?"

여기가 백역이 아니었다면 다큐멘터리의 내용이 달라졌을지 궁금했습니다. 내가 복제 인간이라는 사실보다는 내가 복제 인간이어서는 안 된다는 느낌이 싫었습니다.

"아니, 내가 잘못된 거야?"

나는 이미 그렇게 만들어졌는데, 그 사실을 부정하면 나는 도대체 뭐지? 더 화가 나는 것은 물어볼 사람이 없다는 것입니다. 복제 인간이 어떻게 성장하고 어떤 길로 나아가는지 설명해 주는 책이나 수업이 있는 것도 아닌데, 나는 어디서 무엇을 배워야 하냔 말이죠. 나는 그저 나일 뿐인데, 그것이 잘못이라고 말하는 듯한 세상이 싫었습니다. 나만이 그런 존재라는 사실은 잔인했고요.

나는 화가 난 것입니다. 잘못하지 않은 일에 죄책감을 느껴야 하는 것에 지친 거예요. 하지만 내가 잘못한 게 없다면 아사에게 왜 이 모든 사실을 말하지 못하는 걸까요? 나는 분명 떳떳하지 못합니다. 그렇게 느끼는 나 자신이 의아하고요.

아버지가 나에게 주입하고 있는 것이 메테우스일지도 모릅니다. 아니면 메테우스와 비슷한 무엇이겠지요. 아버지가 만든 비밀스러운 약물일지도 모릅니다. 유전자 가위로 잘라 내야 하는 나의 유전자는 무엇일까요. 무엇이 잘못되었기에 여러 명의 서라가 앓다가 죽었을까요? 그럼 나는요? 나는 어떻게 되는 걸까요?

다큐멘터리가 끝나고 광고가 나왔습니다. 채널 100에서 새로 시작하는 「파인딩」이라는 프로그램의 출연자 모집 광고였습니다. 「파인딩」은 우주 곳곳으로 흩어진 가족이나 친구를 찾아 주는 프로그램이라고 합니다. 내 어머니도 찾을 수 있을까요? 어머니. 엄마. 어머니. 엄마……. 무엇이라고 불러도 마음이 이상한 존재. 얼굴도 기억나지 않지만 분명 나에게 중요한 존재. 내가 '본래'의 생명체가 아니라고 해도 어머니는 중요합니다. 그건 아마도 나와 함께한 시간이 있고, 나를 가장 잘 알고 있을 사람이기 때문이 아닐까요? 그러니 내가 나를 이해하기 위해서 어머니는 반드시 만나야 하는지도 모릅니다.

어머니는 왜 떠난 것일까요? 떠나서 어디로 간 것일까요? 어쩌면 당시에 어머니는 더 이상 기도하지 않아도 된다는 마음이었을지도 모릅니다. 서라가 다 나았기 때문에, 그게 아니라면 서라가 나을 수 없다는 것을 알았기 때문에. 그리고 아버지를 말릴 수 없다는 것을 깨닫지 않았을까요? 기도로는 안 되는 일이 있다는 걸 알아 버렸다면 어머니는 무척 외로웠을 것입니다. 외롭고 쓸쓸한 마음. '고독하다'는 표현으로는 다 설명되지 않을, 멀고도 먹먹한 외로움이었을 것입니다.

생각을 멈추고 싶었습니다. 하지만 생각을 멈추는 건 마음대로 되는 게 아니잖아요.

아침에 눈을 뜨자마자 창문을 활짝 열었습니다. 조심스럽게 스트레칭을 하고, 침대에서 내려와 집 안을 둘러보았습니다. 식탁이 비어 있는 걸 보니 아버지는 회사 연구실에서 밤을 꼬박 새운 모양입니다. 빈 식탁 대신 냉장고 스크린에 아버지로부터 온 메시지가 떠 있었습니다. 어제는 밤새 관찰해야 할 대상이 생겨서 퇴근을 못 했지만, 오늘은 밤늦게라도 집에 들어오겠다는 내용이었어요.

아사에게 메시지를 보냈습니다. 학교가 끝나면 꼭 나를 보러 오라고요. 아사가 와서 떠들어 주면 마음이 안정될 거예요.

아사가 오기 전에 이불을 정리하고 힘을 내서 식탁에 앉아 있으려고 했습니다. 하지만 금세 온몸에 힘이 풀리고, 근육이 녹아내리는 듯한 통증에 이불로 향했습니다. 얼마간 잠들었다가 일어났을 때 아사가 초인종을 마구 누르고 있었습니다.

"그래서 지금 네 말은! 아저씨가 그런 약을 쓰고 있다는 거야?"

"쉿! 작게 말해!"

내가 복제 인간이라는 사실은 쏙 빼놓고, 어제 본 메테우스에 관한 다큐멘터리 이야기를 했습니다. 그리고 내가 아버지를 의심하고 있다고 고백했습니다.

"하지만 이상하지 않아?"

"뭐가?"

"그게 얼마나 위험할 줄 알고? 실험하듯이 투여할 만한 건 아니잖아. 넌 실험용 생물이 아닌데!"

아사는 생각보다 더 흥분해서 나를 몰아붙였습니다. 맞아요. 나는 아버지를 의심하고 있어요. 하지만 내가 정말로 화가 난 부분은 나의 '알 권리'가 침해당했다는 거였습니다. 아버지가 하고 있는 일은 내 몸과 관련된 일입니다. 그러니 당연히 복제 인간이라는 사실도, 내 몸에 들어오는 약물에 대해서도 나는 알아야 할 권리가 있습니다.

아사에게 모든 것을 말해 버리고 싶었습니다.

'내가 복제 인간이래! 넌 나를 여전히 서라라고 생각해? 네 친구 서라라고 생각하냐고! 내가 복제 인간이라도 말이야. 엄마는 내가 복제 인간이라서 떠났을 거야.'

다 고백해 버리는 상상을 하면 가슴에서 울컥울컥, 무언가가 올라오는 것 같았습니다. 하지만 입에 나사를 조인 듯, 내가 복제 인간이라는 사실만큼은 입 밖으로 나오지 않았습니다. 나도 이해되지 않는 내 존재를 아사가 이해할 수 있을까요?

'그런데 복제 인간인 게 뭐가 나쁜 거지? 결국 가장 힘든 건 나잖아…….'

속으로 혼자 중얼거릴 수밖에 없었습니다.

“너 「파인딩」이라는 프로그램 광고 봤어?”

화제를 바꾼 건 아사였습니다.

“응. 어제 다큐멘터리 끝에 광고 나오는 거 봤어.”

“그거 되게 좋지 않아? 헤어진 가족이나 친구를 찾게 해 준다는 거.”

“좋은 거야? 꼭 좋은 것만은 아닐 수도 있잖아.”

“보고 싶은 사람을 찾아서 안 좋은 경우도 있어?”

“아무도 모르게 사라지고 싶은 사람도 있을 수 있잖아. 아니면 나쁜 사람이 프로그램의 취지를 악용할 수도 있고.”

“부정적인 녀석이네……. 너 진짜 재미없다. 감동도 없고. 어떻게 상상을 해도 그런 쪽으로 상상하냐고. 행성 이주 중에 잃어버린 가족이나 어릴 적 친구를 찾는 그런 훈훈한 이야기를 예로 들 순 없냐?”

“그런가.”

“너희 엄마 얘기는 어때?”

“엄마?”

“응. 아주머니를 찾는 거야!”

“하지만 나는 집에 갇혀 있는데 어떻게 방송에 나가?”

“진짜 부정적인 인간 맞네. 얘가 언제부터 이런 사람이 됐지?”

머쓱해져서 머리를 긁적였습니다. 아사는 더 가까이 다가와서는 진지하게 열을 내며 말했습니다.

"방송에 나갈 수 있을지 없을지도 모르는데, 그런 것부터 걱정하는 건 멍청한 짓이야. 나중 일은 나중에 생각해야지! 일단 사연이 먼저야. 사연은…… 엄마가 몇 년 전에 사라졌다, 독실한 시니인이었으니까 백역을 떠났을 것 같지는 않다, 엄마를 꼭 찾고 싶다! 뭐 이런 식으로?"

"그래서?"

"그래서는 무슨 그래서야! 네가 아프니까 빨리 나타나 달라고 하면 엄마를 찾을 수 있을지도 몰라. 방송국에서도 그런 이야기라면 입맛을 다시며 달려들 것 같고……. 오!"

아사는 말을 하다 말고 무언가를 깨달은 듯 박수를 치며 자리에서 벌떡 일어났습니다. 그리고 내 침대 끄트머리에 걸터앉아 짐짓 심각한 표정을 지었습니다.

"좀 자극적으로 쓸 필요가 있어. 무슨 뜻인지 알지?"

"하지만……."

그때 아사가 내 손을 꼭 잡았습니다.

"아주머니를 찾고 싶지 않아?"

선뜻 대답할 수 없는 자신이 싫었습니다. 어머니는 내가 복제인간이라는 사실을 견디지 못하고 떠났을지도 모르죠. 어느새 고개를 푹 숙인 내가 하찮게 느껴졌습니다.

"어디서 어떻게 지내고 계시는지 궁금하지 않냐고."

"……궁금하지만 기억나는 게 거의 없어."

"내가 도와줄게. 나는 기억나."

고개를 들어 보니 아사가 곧 울먹일 듯한 얼굴을 하고 있었습니다. 왜 그런 얼굴인 거야? 묻지는 못했습니다. 아사가 내 침대 옆에 올라와 앉았습니다.

"나는 기억나. 우아한 나비새 같았어."

"우리 어머니가?"

"어머니가 뭐냐, 어머니가. 이상해."

"내가 어머니를 어떻게 불렀는지 기억나지 않아서 그래."

"……몰아붙여서 미안. 근데 내가 기억하는 너랑 아주머니 모습은 그런 게 아니었으니까."

"응?"

"어머니라고 부른다거나 그런 어색한 관계가 아니었다고."

아사가 결국 울음을 터뜨렸습니다.

"야아, 왜 네가 울어."

"몰라. 아무것도 기억 못 하는 네가 이상하고…… 어떤 때는 무서워."

"뭐가 무서워."

아사는 무언가를 말할 듯이 우물쭈물거리면서도 아무 말도 꺼내지 못하고 계속 훌쩍였습니다.

"그때가 다시 떠오른다고!"

"응?"

"네가 일 년 동안 예배당에 나오지 못하던 때! 그리고 돌아왔을 땐 아주머니가 없었어. 아저씨랑 돌아온 네 얼굴엔 아무 표정도 없었고, 모든 게 다 이상하게 느껴졌어. 너도 윤서라가 아닌 것 같았다고."

아사 말이 맞습니다. 그전의 나와 그 후의 나는 다른 서라였을 테니까요. 지금의 나와도 다른 서라였을 거예요. 추측이지만, 내가 보이지 않았던 일 년 사이에 원래 서라는 죽고 첫 번째 복제 서라가 만들어진 듯합니다. 그러니까 일 년 만에 예배당에 아버지 손을 잡고 나타난 서라는 복제 인간 서라였겠죠. 전에 아사가 알던 서라가 아니었을 겁니다.

하지만 아사가 아는 서라는 오랫동안 아팠으니까요. 서라가 오랜만에 예배당에 나와서 어색한 걸 거라고 생각하고 나를 챙겨 주고, 돌봐 줬을 거예요. 진짜 서라가 어떻게 됐는지도 모르고, 친구를 위해 기도했겠죠.

"그러니까!"

정적을 깨고 아사가 소리쳤습니다.

"우리 「파인딩」에 사연을 보내 보자."

"뭐라고 보내야 하지."

"보낼 마음은 있는 거지? 싫은 걸 강제로 시키려는 건 아닌데……."

슬그머니 걱정하는 것도 아사다운 모습입니다.

“나도 궁금해. 그분이 어떻게 사는지. 살아는 있는지.”

“그게 말이냐? 살아는 있는지라니! 살아 계실 거야.”

“응. 하지만 여전히 내 앞에서 사라진 이유를 모르겠으니까.”

“그건 아무도 모르니까 어쩔 수 없지. 아저씨한테 물어볼 수도 없고.”

“어머니 이야기는 절대 안 하셔.”

“뭔가 사연이 있는 게 분명해.”

“응. 그렇겠지.”

“정신 좀 차려! 말이 나온 김에 써 보자.”

아사는 컴퓨터 앞으로 자리를 옮겨 곧장 채널100 홈페이지에 접속했습니다.「파인딩」사연 접수 칸을 찾더니 개인 정보를 와르르 입력해 넣었습니다.

“너희 아버지 퇴근하시기 전에 얼른 사연을 써 보자고. 아주머니에 대해 기억나는 걸 말해 봐.”

“없어. 거의 없지.”

“그나마 기억하는 건?”

“아,『눈의 여왕』이야기를 해 줬던 건 기억이 나.”

“『눈의 여왕』?”

“응. 내가 자기 전에『눈의 여왕』이야기를 자주 해 줬어. 그건 기억나.”

아사가 눈을 반짝였습니다. 무슨 단서가 되는 것도 아닐 텐데 말이죠.

모니터에 빛이 들어오자 아사는 넷 창을 켜서 '눈의 여왕'을 검색했습니다. 나는 습관적으로 시간을 보았습니다. 아직 아버지가 집에 올 시간은 아니구나, 안심했습니다.

"『눈의 여왕』은 카이와 게르다라는 소년 소녀의 이야기……."

스크롤을 내리고 올리기를 반복하던 아사가 재미없다는 표정으로 나를 돌아봤습니다.

"뭐야. 결국 순수한 어린이의 마음이 친구를 구하는, 대충 그런 내용? 이게 다야?"

"응. 그런데 어머니가 해 주시던 『눈의 여왕』 이야기는 마지막이 달라."

"마지막?"

어머니의 눈도 목소리도, 그리고 손길도 기억나지 않았습니다. 하지만 『눈의 여왕』 결말 부분은 책 내용을 다운받아 둔 것처럼 정확하게 기억하고 있었습니다. 나는 숨을 몇 번 깊게 들이마시고 뱉으며 차분하게 이야기를 시작했습니다.

"눈의 여왕은 카이를 보낼 수 없어서 따라가고 말았다. 자신의 왕국을 버리더라도 그 아이를 따라가겠다는 마음으로. 눈의 여왕은 눈물이 흐르지 않는 눈을 껌뻑거리며 울상을 지었다. 카이와 게르다는 웃음이 터졌다가 웬일인지 슬퍼져서 엉엉 울어 버렸다. 눈의 여왕의 심장에는 거울 조각이 박혀 있지 않았다. 여왕에게는 꽁꽁 언 마음도, 녹여야 할 마음 같은 것도 없었다. 여왕은 설명할 수 없는 기분에 휩싸여 두 아이를 껴안았다. 한참 동안 인간의 울상을 흉내 낸 얼굴을 한 채로. 그 모습을 지켜보던 게르다의 할머니는 일 년에 한 번씩 아이들을 얼음 왕국에 보내 주겠다고 약속한다. '겨울이 오면 꼭 너에게 카이와 게르다를 보내 주마.' 그리고 할머니는 눈의 여왕을 안아 주며 '눈의 아이야, 친구가 생겼구나.' 하고 말했다. 카이와 게르다의 마을에 눈이 내리기 시작했다. 포슬포슬 부드러운 눈이."

"……너 그걸 다 기억하는 거야?"

"응. 기억나더라. 매일 밤 들어서 저절로 외워졌는지도 모르지."

"그것만 기억나는 이유가 뭘까?"

"글쎄. 이것도 얼마 전에 떠오른 거라 잘 모르겠어."

"언제?"

"다시 아프기 시작하면서. 그런데 이 이야기에 무슨 의미가 있을까?"

아사가 골똘히 무언가를 생각하더니 이내 고개를 돌려 모니터를 들여다보았습니다. 그러고는 문서 프로그램을 열어 글을 쓰기 시작했습니다.

"내가 기억하는 너희 엄마 모습부터 쓸게. 얼굴은 이렇게 생겼고, 키는 어느 정도고, 이름은 뭐다 그런 정보로 시작하는 게 낫겠지?"

"우리 엄마…… 이름이 뭐야?"

"뭐?"

"엄마 이름."

"호란."

"나 이런 것도 잊고 있었네. 엄마 이름."

"아파서 그래, 아파서. 내가 기억해서 다행이지?"

아사가 있어 다행이라는 생각이 들었습니다. 이렇게 다정하고 용감한 친구가 있다는 건 축복이겠지요. 내가 누군지도 알 수 없는 암담한 현실에서 아사는 한 줄기 희망처럼 보였습니다. 어쩌면 이 뒤로 더 많은 희망이 나타날지도 모릅니다. 그런 마음으로 모니터 앞으로 몸을 옮겨 「파인딩」에 보낼 사연을 함께 썼습니다.

이 모든 일은 아버지가 오기 전에 끝내야 해요. 그리고 아버지가 돌아온 뒤엔 가만히 누워 아무 일도 없었던 것처럼 행동할 거예요. 머릿속으로는 「파인딩」에 사연이 뽑히면 어떻게 해야 할지 생각하면서요. 아버지가 내 머릿속까지 뒤질 수는 없겠지요. 내가 아픈 뒤로는 기억을 업로드하지 않으니까, 더더욱 괜찮을 거예요.

내가 매일 업로드하고, 다운로드한 기억에 생각도 포함이 되는지 문득 궁금해졌습니다. 생각이 영원히 아버지의 컴퓨터 어딘가에 남아 있을 수도 있다면, 그동안 나는 얼마나 위험한 일을 했던 걸까요? 하지만 기억과 생각이 같은 건 아니니까…… 그러니까 생각은 안전할지도 모릅니다.

그런 식으로 스스로를 안심시키며, 「파인딩」 프로그램 사이트에 사연을 접수했습니다. 기본 연락처에는 내 메일 주소를, 그리고 비상 연락처에는 아사의 코스모폰 번호를 쓰기로 했습니다. 아버지에게는 들키지 않는 게 좋겠다는 아사의 아이디어였습니다.

만약에, 아주 만약에 말입니다. 「파인딩」에 정말 출연해 달라는 연락이 오면 어떻게 해야 하죠? 나는 결코 나갈 수 없을 텐데요……. 아사가 대신 나가는 건 내가 원하지 않습니다. 아사는 좋은 친구고 오래된 친구지만, 가장 중요한 것을 모릅니다. 내가 복제 인간이라는 것을요. 그것을 모르는 채로 엄마를 찾을 수는 없습니다. 모니나 강하도 마찬가지이고…….

지금 내 주변 친구들에게 짐을 지울 순 없다고 생각했습니다. 하지만 그보다는 내가 진실을 말할 용기가 없다는 게 더 큰 문제입니다. 그렇다면 새로운 친구를 찾는 건 어떨까요? 여태까지 전혀 모르고 살았던, 앞으로도 연이 없을 그런 아이요. 차라리 그런 아이에게라면 무슨 말이든 할 수 있을 것 같아요.

하지만 나처럼 학교에 가지 못하는 아이는 새로운 친구를 찾을 수 없습니다. 아픈 몸으로는 더더욱 그렇죠. 넷에서 친구를 구하는 것은 막연한 일이고, 만약 누군가와 친해져도 얼굴을 보러 나갈 수는 없습니다. 내 사연은 상대의 눈을 보고 제대로 이야기해야 합니다. 모니터로라도 서로 얼굴을 알고 대화해야 해요. 나도 상대도 숨기거나 속여서는 안 되는 일입니다.

하지만 백역에 사는 사람들과는 이런 대화를 할 수 없습니다. 시니인에게 내가 복제 인간이라든가, 나를 만든 건 아버지 같다는 이야기를 할 수는 없죠. 엄마를 찾기 전에, 내 사연이 방송에 나가기도 전에 큰일이 터지고 말 겁니다. 다른 곳, 다른 곳…… 다른 곳에 있는 아이. 이런 나를 이해할 수 있는 다정한 아이……. 다른 곳에 있는 아이가 나를 위해 백역까지 와 줄 수 있을까요?

그러고 보니 회색 행성에서는 가상 교실에서 수업을 한다고 했습니다. 공기가 나빠 외출이 어려워서 가상 교실이 운영되고 있다고요. 내가 회색 행성 애들처럼 집에서도 학교를 갈 수 있고, 친구를 만들 수 있다면……. 너무 막연한 생각일까요?

가상 교실에는 넷으로 접속하면 되니, 여기서 갈 방법이 있을지도 모르지요. 그쪽 네트워크에 접속할 수만 있다면 백역의 집 안에서 회색 행성 교실로 전학 가는 일 또한 가능할지 모릅니다.

생각이 거기까지 도달했을 때, 나는 거의 무의식적으로 컴퓨터를 두드렸습니다. 질문 사이트에 글을 올렸고 생각보다 많은 답변이 달렸습니다. 메시지도 왔어요. 네트워크를 우회해 접속하는 것만큼 쉬운 일도 없다며, 중요한 것은 돈이라고 했습니다. 언제든 회색 행성의 학교로 전학시켜 줄 수 있다는 메시지는 무척 반가웠습니다. 넷에서 거래를 하면 그만이니 얼굴을 볼 필요도 없었고요.

저런 메시지를 곧이곧대로 믿느냐고 물어도, 글쎄요, 나에게는 이게 최선이니까요. 나는 아버지에게서 벗어날 길이 없고, 이대로는 엄마를 찾을 길이 없으니 회색 행성의 가상 교실로 향해 봐야 합니다. 거기서 다정하고 용감한 아이를 찾는 겁니다. 백역에 관심이 있는 아이라면 더욱 좋겠지요. 주의를 끌기 쉬울 거예요. 처음 만나는 아이에게는 내가 복제 인간이라는 것도 말할 수 있을 것 같습니다. 어머니와 아버지와 시로니타스교와 내 믿음에 관해서도 말할 수 있을 것 같고요. 아사나 모니, 강하에게는 절대 할 수 없는 말들을 쏟아 내고, 나는 도망을 치면 그만입니다. 일단 그곳에 접속할 수 있다면 말입니다.

그래요. 다 망했다 싶을 땐 다시 이곳으로 도망칠 수도 있을 것입니다. 로그아웃만 하면 끝일 테니까요.

표본실의 비밀 대화 2

강묘원

"녹화는 오늘 저녁 다섯 시에 시작하고요. 각자 이름표 달고 계시죠? 이름 맞는지 다시 확인 부탁드립니다."

채널100 방송국에 도착하기가 무섭게 녹화 스튜디오로 끌려갔다. 이미 한참 전에 도착한 사람도 있는 모양이었다. 몇몇 사람이 대기실 바닥에 누워 자고 있었다. 대부분은 가족을 찾으러 왔을 것이다. 백역에 도착하자 긴장이 풀려 잠이 온다거나 아주 먼 별에서 날아와 피곤할 수밖에 없는 상황도 있을 것이다.

「파인딩」 측에서 보내 준 좋은 우주선에서 푹 쉴 수도 있었을 텐데 다들 피곤한 얼굴을 하고 있다는 건……. 역시 다들 평범하지 않은 사연을 안고 쉽지 않은 여정을 온 것이구나. 나도 우주선에서 그저 깜빡 졸기나 하며 서라와 있었던 일을 생각했다. 물론 방송에 나가야 한다는 긴장감도 있었고, 걱정도 들었다. 서라가 해 준 말을 다시 떠올리고, 방송에서는 무슨 말을 해야 할지 정리하고…….

잠은 오지 않았다. 언제 도착할지 시간을 확인해 보고 싶지도 않았다. 나에게는 자동 변환 시계는 물론이고, 우주 광역 네트워크로 행성 간 연락이 가능한 신형 코스모폰도 없다. 서라에게는 그런 게 있었을까? 그러고 보면 그런 가벼운 이야기는 거의 나누지 못했다. 일방적으로 전달받은 서라의 이야기는 여러모로 심각했다. 그런 대화 중에 갑자기 '너는 코스모폰 있어?'라고 물을 겨를은 없었다.

*

"……나 대신에 「파인딩」이라는 프로그램에 나가 줘."

"「파인딩」?"

서라가 도와 달라는 일은 역시나 예상 밖의 일이었다. 나도 「파인딩」 광고를 본 적이 있어서 어떤 프로그램인지는 알고 있었다. 우주 각지로 흩어진 가족이나 친구를 찾아 주는 프로그램을 제작 중이니 사연을 접수하라는 광고였다. 그런데 프로그램에 자기 대신 나가 달라니? 서라는 어떤 사연을 접수했기에 직접 못 가고 회색 행성의 아이인 나에게 부탁을 하는 걸까.

"내 사연이 뽑혔는데, 내가 나갈 수는 없을 것 같아."

"네 사연인데 네가 갈 수 없다니?"

"나는 지금 감금 상태나 다름없고…… 무엇보다도 움직일 수 없는 상태야."

그때 서라의 가상 캐릭터 모드가 꺼졌다. 그리고 상체를 조금 세우고 누워 있는 서라의 지금 모습이 화면에 떴다. 서라가 일반 카메라를 켜고 자신의 모습을 보여 준 것이다.

"지금……."

"이런 상황이야."

서라의 상태는 내가 상상한 것보다 더 안 좋아 보였다. 하얀 얼굴은 가상 캐릭터와 같았지만, 분명 어딘가 달랐다. 병색이 짙어 눈 주변이 거뭇거뭇했다. 입술도 건조해 보였고, 팔에는 울긋불긋한 얼룩이 보였다. 서라는 침대에서 일어나지도 못한 채 패드로 접속해 있었다. 그런데도 굳이 우리 학교로 전학을 와서 나를 찾아낸 거구나. 그럼 「파인딩」에 대신 나가 줄 사람을 찾기 위해 가상 학교로 전학 왔다는 건가?

그때 일대일 채팅창으로 서라의 메시지가 왔다. 채널100 방송국 홈페이지를 캡처한 이미지였다.

"「파인딩」에 접수한 내 사연이야. 그리고 이건 방송국에서 보내 준 티켓이고."

화면에 흰 글자로 채널100 로고가 찍힌 검은 봉투가 나타났다. 서라는 그 안에서 보라색 티켓을 꺼냈다. 티켓 이미지를 확대해 화면 가득 채웠는데, 모니터에서 나오는 보랏빛에 방 안이 보라로 물들었다.

"네가 파인딩에 나 대신 출연해 주겠다고 하면 방송국에 말해서 회색 행성에서 출발하는 티켓을 요청할 거야. 내가 아파서 친구가 대신 나갈 수도 있다고 말해 놨으니까."

네트워크 연결 상태가 좋지 않은 듯 서라의 화면과 목소리가 끊어졌다. 그래도 사연을 같이 써 준 친구가 있다는 얘기, 하지만 그 친구는 서라가 복제 인간이라는 사실을 모른다는 얘기는 드문드문 알아들을 수 있었다.

"오늘 아버지가 늦게 들어오신다니까 너에게 내 상황을 더 자세히 설명해 줄 수도 있어."

"아버지는 어디에서 일하시는데? 회색 행성은 백역만큼 다양한 일자리가 있는 게 아니라서 말이야."

"제약 회사. 오늘도 이람 지구에 다녀오신다고 했으니까 집에 오기 어려우실 거야."

"우리 행성에 제약 회사가 있다고? 이람 지구는 또 어디지."

"여긴 백역이야."

"뭐? 백역이라고?"

그러고 보니 회색 행성에서 이람이라는 구역 이름은 들어 본 적이 없다. 그러니까 잠깐만. 백역에서 우리 학교로 전학을 왔다는 건 뭐야? 지금 서라는 백역에 계속 살고 있고, 가상 교실에 접속해 있을 뿐이라는 건가? 물론 불가능한 일은 아니지만 왜 그렇게까지 한 거지?

저 아이는 일어날 수 없으니까, 걸어서 문을 열고 세상 밖으로 나갈 수 없으니까, 그러니까……. 걸어서 걸어서 넷 속으로 들어왔다는 건가? 자신의 이야기를 대신 알려 줄 사람을 찾아서?

"놀랐지? 백역에서 접속하고 있는 거야. 지금 화면에 보이는 내 방은 서라가 태어나서 쭉 자란 곳. 그리고 내가 눈을 뜬 곳이지."

"일부러 우리 학교로 전학을 한 거야? 「파인딩」에 출연해 줄 친구가 필요해서?"

"응. 신상 정보를 만들어 주는 업체에 부탁했어. 내가 회색 행성의 가상 교실에 갈 수 있도록 회색 행성의 IP와 주민 ID를 준비해 달라고. 거기서 만들어 준 ID로 백역을 떠나지 않고도 회색 행성 제1중학교 2학년 2반으로 전학 올 수 있었어. 어느 학교든 상관없었어. 내가 로그인할 수 있는 곳이면 됐으니까. 이왕이면 좀 똑똑한 아이들이 많으면 좋겠다는 생각도 들었지만, 그보단 다정함이 있어야 한다고 생각했어. 물론 용기도 필요하고 말이야."

좋은 친구가 되어 주겠다고 결심했던 나의 마음이 이기적이고 오만하게 느껴졌다. 서라의 특별함은 내 마음과 견줄 수 없을 만큼 간절한 데서 만들어진 것이었다.

"애초에 회색 행성에 이사 온 적이 없다는 거지?"

"응, 맞아."

"백역에 있는 친구들에게 부탁하지 않은 이유는 뭐야? 백역의 오랜 친구야말로 너의 많은 것을 이해하고 있을 텐데. 네가 복제 인간이라는 사실을 모른다는 것 말고는……."

"맞아. 하지만 모든 걸 알아도 가장 중요한 걸 말할 수 없으니까."

"그냥 친구에게 말하면 안 돼? 가장 중요한 걸. 너를 정말로 아끼는 친구라면 이해 못 할 것 같지 않은데 말이야."

"백역의 아이들은 모두 시니인이잖아."

"시니인은 이해할 수 없다는 거야?"

"그 반대가 아닐까? 믿지 않는 사람들은 믿는 사람들의 믿음과 생활이 이해되지 않지."

"네가 복제 인간이면 어떻고 아니면 어떤데? 너라는 사실이 변하는 건 아니잖아. 나는 서라라는 이름을 가진 중학생이다, 나는 누구누구의 친구다!"

"하지만 친구가 복제 인간이라면 무섭지 않을까?"

내 친구가 어느 날 '묘원아, 나는 사실 복제 인간이야.'라고 말한다면……. 그러니까 동인수나 은재은이 사실은 내가 어렸을 때부터 함께한 인수나 재은이가 아니고, 어느 시점엔가 복제 인간으로 만들어진 애들이라고 생각하면…….

"너는 어때, 묘원아?"

솔직히 상상이 잘 안 됐다. '이전의 인수와 재은이라고 할 수 있을까?' 하는 의문이 생겼을 것 같다. 하지만 동시에 '저게 인수가 아니고 재은이가 아니라고 할 수 있을까?' 하는 질문에도 선뜻 대답할 수 없을 것 같다.

"어색하고 낯설 것 같아."

"그치? 전에 알던 친구처럼 느껴지지 않을 거야."

"하지만 내 친구가 아니라고 느껴질 것 같지도 않아."

서라는 어떤 대답도 하지 않았다. 한동안 쌕쌕거리는 서라의 숨소리가 들렸다.

"어쨌든 지금 내가 중요하게 생각하는 건 말이야……."

서라가 다시 말을 꺼내며 방송국에 보낸 사연을 띄웠다.

"백역에 사는 내 친구 아사가 도와줘서 쓴 사연이야. 여기에 쓰여 있는 대로만 읽어 도 되니까 방송에 나가서 엄마를 찾는 내가 있다는 걸 알려 줘. 그리고 내가 복제 인간으로 살아가고 있다는 것도 밝혀 줬으면 좋겠어."

"복제 인간이라는 걸?"

"응. 엄마를 찾는 일만큼이나 중요한 일이야."

"그럼 네가 백역에서 어떤 논란거리가 될지 뻔히 알잖아!"

"논란거리가 되어야 내가 죽든 살든 할 수 있을 거야. 아버지를 벗어나서."

서라의 목소리가 슬픈 것 같기도, 어떤 결단처럼 선명하기도 했다.

"어쩌면 엄마를 만날 수 있을지도 몰라. 그럼 엄마가 떠난 이유를 들을 수 있을지도 모르지. 아무것도 모르는 채로 죽고 싶진 않아. 그렇게 내가 사라지면 아버지가 또 다른 복제 인간 서라를 만들어 낼지도 모르잖아. 이런 일이 계속되어서는 안 돼. 뭐가 잘못된 건지는 설명할 수 없는데, 아버지의 선택은 분명 잘못된 거야."

"엄마가 너 때문에 떠났다고 생각해?"

"어떤 식으로든 관련은 있겠지. 진짜 윤서라가 죽어 버려서 버티기 힘들었던 건지, 아니면……."

"그게 아니면?"

"복제 인간인 나를 보기 힘들었을 수도 있고, 복제 인간을 만든 아버지가 싫었을지도 모르지."

"모두 다일 수도 있지. 어떤 사건도 별개로 벌어진 건 아니잖아. 단순히 두 분 사이에 문제가 있었을 수도 있고."

"그렇다면 나에게 아무 말도 하지 않고 떠났을까?"

"너희 아버지가 그 부분에 관한 네 기억을 지웠을 수도 있는 거니까."

"그것도 가능해."

"혹시 사고로 집에 못 돌아오시는 건 아닐까?"

서라가 나를 똑바로 봤다. 누워서 자신의 모습을 있는 그대로 보여 주면서 똑부러지는 말투로, 곧은 눈빛으로 말하는 서라에게서 강한 힘이 느껴졌다. 저런 아이라면, 아직 생명이 다하지 않은 아이가 눈을 반짝이고 있다면, 이곳에 있는 나라도 무언가 해야 하지 않을까 하는 생각마저 들었다.

“맞아. 그런 생각도 해 봤어. 사고에 휘말려서 돌아오지 못하는 걸지도 모른다고. 그런 거라면 차라리 간단할지도 모르지. 난 이대로 병들어 죽으면 그만이고.”

“야, 그런 말이 어딨어.”

“하지만 만약에라도, 정말 만약에라도 다른 사정이 있는 거라면 어떡해? 그리고 내가 살아갈 날이 훨씬 더 많이 남았다면? 나는 계속 내 존재에 관해 혼자서 물어야 해. 달리 물어볼 곳이 없어. 혹시 모르잖아. 이런 내 존재 때문에 고민하다가 엄마를 찾는다면? 그럼 어떤 이야기든 해 볼 수 있잖아.”

“네가 무엇이든 거기에 있는 윤서라라는 건 분명해. 적어도 나는 그것밖에 아는 게 없어. 나한테는 그냥 윤서라야. 백역에 살고 있는 윤서라. 아픈 윤서라.”

서라는 말을 잃은 듯 가만히 앉아 있었다.

“집에 갇혀 있지만, 어떻게든 방법을 찾아 회색 행성의 가상 학교로 전학 오고, 지금 나랑 대화하고 있는 윤서라. 똑부러지게 원하는 것을 말하고, 용기 있게 행동하는 윤서라.”

겨우 이틀하고 세 시간 거리다. 바로 옆 동네는 아니지만, 우주선을 타면 금세 갈 수 있는 거리에 백역이 있다. 서라가 있다. 내가 중요하게 느껴야 하는 것은 그 사실뿐이다.

"내가 윤서라가 맞을까?"

"네가 윤서라가 아니면 뭐겠어."

서라가 조용해졌다. 뭐라 뾰족하게 설명해 줄 순 없지만 아닌 건 아니라고 말해 줄 수 있다.

"물론 처음에 태어난 윤서라와 지금의 윤서라는 물질적으로 다르겠지. 넌 그게 계속 마음에 걸리는 거잖아."

"자연에서 태어난 게 아니라 인위적으로 만들어진 생명이라는 것도. 그것도 큰 차이야."

"하지만! 그래서 네가 전혀 다른 의미로 존재하고 있는 거라고. 서라라는 이름으로 존재하고 있어. 살아서 숨 쉬고 있잖아. 그러니까 그 뭐야, 그, 그! 철학적으로!"

"철학적으로?"

"응. 너는 지금 자신이 누군지 계속 고민하는 사람이니까. 처음의 윤서라랑 다르니까, 또 다른 목숨이니까 더 의미 있는 거 아니야?"

"그건…… 모순이야."

"물론 지금 계속 생각하고 질문하는 윤서라는 엄마 배에서 태어난 윤서라랑 같을 순 없어. 차라리 그걸 받아들이고 나면 마음이 편해질지도 몰라. 네가 태어난 건 네 의지나 선택이 아니었잖아. 넌 왜 죄책감을 가지고 있는 거야?"

서라가 희미하게 웃었다. 문득 깨달은 건 서라가 자기 자신에 대해 이야기하는 동안은 콜록콜록 기침 소리를 거의 내지 않았다는 사실이다. 이 아이는 진심으로 온 힘을 다해 이야기하고 있는 거다. 「파인딩」에 출연해 자기 엄마를 찾아 줄, 적어도 그 이야기를 꺼내 볼 친구가 필요한 것이다. '그게 누가 되든 상관없는 걸까?' 하는 질문이 계속 떠올랐지만, 어쨌든 지금 서라는 나를 선택했다. 나에게 말을 걸었고, 나를 표본실로 불렀고, 나에게 부탁하고 있다. 나는 이 아이에게 무엇을 해 줄 수 있을까? 이 아이의 모든 것을 믿고, 우주선에 오를 수 있을까? 그리고 이 아이는 정말 날 믿을 수 있을까?

"그, 아까 보여 줬던 사연을 다시 봐야겠어."

일대일 채팅창을 켜서 서라의 메시지를 소리 내 읽어 봤다.

"안녕하세요. 저는 백역중앙중학교에 다니고 있는 윤서라입니다. 친구의 도움으로 사연을 적어 봅니다. 저는 지금 알 수 없는 병으로 죽어 가고 있어요. 죽기 전에 엄마를 찾고 싶습니다."

나머지 부분을 눈으로 빠르게 읽고 있는데, 서라가 물었다.

"어때?"

"뭐가?"

"잘 쓴 것 같아?"

"글쎄. 방송국 마음에 들었으니까 출연해 달라고 한 거 아니야? 아픈 중학생이 엄마를 찾는다는데, 집중하지 않을 사람이 어딨겠어. 뽑히지 않는 게 더 이상했겠다."

"……아사는 내가 죽을병에 걸렸다고 생각하고 있을까?"
"선의라고 생각하자. 널 도와주고 싶었을 거야."
"맞아. 아사는 그런 친구야. 하지만 자꾸 만약을 생각하게 돼……."
"그럴 수 있지. 네 상황이 좋지 않으니까. 하지만 그런다고 좋아지는 것도 아니잖아. 좋은 친구가 갑자기 나쁜 친구가 되는 것도 아니고."
"응."
"엄마 이름은 호란입니다……. 호란? 이름이 진짜 특이하다. 성은 없는 거야?"
"시니인식 이름일 거야. 특정 나이가 되거나 입교를 하게 되면 본당에서 시로니타스식의 이름을 주거든. 그러면 법적으로 개명을 하기도 하고."
"서라도 시니교 이름이야?"
"모르겠어. 기억이 안 나."
"아버지한테 물어봐도 되잖아."
"글쎄. 별로 묻고 싶지 않았어. 어떤 대답이 돌아올지 몰라 조금 겁이 나기도 했던 것 같아. 넌 복제 인간인데 그런 게 왜 중요하냐고 하실 것 같아서 무섭더라."
"아버지한테 넌 그냥, 소중한 딸 서라겠지."
"아버지가 가르쳐 주지 않으면 모르는 것이 많아. 내가 알면 안 되는 기억들은 모두 제어하려고 하는 걸 거야. 아침과 밤마다 기억을 업로드하고 다운로드하는데, 다운받는 기억은 전부 아버지가 선택하거든."

"너희 아버지는 무서운 사람이야."

"응."

"하지만 도저히 딸을 떠나보낼 수 없어서 만들어 낸 사람이지."

"응."

서라의 대답에는 감정이 없는 것처럼 느껴졌다.

"여기 보니까 네가 일 년 동안 아팠다가 다 나은 직후에 엄마가 실종되었네?"

"맞아. 그게 첫 번째 복제 인간 서라가 만들어진 시점일 거야. 진짜 서라는 회복된 게 아니라 죽은 거겠지."

"확실한 증거가 있는 건 아니잖아. 네 추리일 뿐."

이 아이는 충격적인 사실을 어떻게 현실로 받아들이고 해석하는 걸까? 복제 인간이라는 사실은 아무래도 상관없었다. 서라는 인간이니까 마음도 아프고 머릿속이 혼란스러울 것이다. 열다섯, 우리는 겨우 열다섯인데. 이 아이는 이 엄청난 일들을 어떻게 견디고 있는 걸까?

"내가 찾아본 서류에 의하면 그렇게 추측할 수 있어. 꽤 확실해."

"넌 아무렇지 않아? 네가 복제되었다는 거나 원래의 서라가 죽었다는 거냐. 어쩜 그렇게 담담하게 말하는 거야?"

"나에겐 시간이 얼마 없잖아. 받아들이지 않으면 어쩌겠어? 내 존재가 무엇인지 모르겠는데, 곧 죽을지도 모른다는 게 너무 막막하게 느껴져."

"그래서 네 마음이 어떻냐고. 네 기분 같은 거 말이야."

"답답하기도 하고……. 이상할지도 모르지만 뭔가 억울하기도 하고……."

말끝을 흐리는 서라가 너무 바보 같았다.

"그러니까 화를 내야지!"

순간 감정이 격해져 큰 소리가 튀어나왔다. 더 화를 내지 않으려고 입을 꾹 닫았다. 꽉 다문 입술이 떨리는 게 느껴졌다. 고개를 들어 서라를 바라볼 수가 없었다.

"……그러니까 엄마가 사라지고, 너는 복제 인간이고, 곧 죽을지도 모른다는 것까지 전부! 우리 나이에는 감당하기 어려운 이야기잖아. 엉엉 울거나 화를 내거나 그래야 하지 않아? 너는 너무 태연해 보여. 전혀 태연하지 않잖아, 그치?"

"미안."

"윤서라, 정신 차려. 사과할 일이 아니야! 나는 너를 걱정하는 거야!"

왜 하필 나였을까? 넓은 우주에 열다섯 살 먹은 애가 나와 서라만 있는 것도 아닐 텐데. 우린 도대체 어떤 우주의 우연으로 만난 걸까.

서라와 오늘 나눈 대화는 오래도록 기억에 남을 것이다. 아무에게도 말할 수 없다는 점에서 더더욱. 그렇기에 어떤 선택을 하든 우리는 서로에게 오래도록 남을 것이다. 이제 내가 해야 할 일은 윤서라를 이해하는 게 아니다. 윤서라를 도와줄 것인가, 말 것인가. 결정해야 한다.

"그래서, 어때? 날 도와줄 수 있겠어?"

"그러게. 그걸 생각 중이야."

"결정하기 쉬운 문제는 아니니까."

"나여서 믿는 게 아니라, 믿어야 하는 애가 필요한데 내가 있었던 거지……."

내가 중얼거리자 서라가 아까와는 다른 목소리로 말했다.

"나는 다정하고 용감한 아이를 찾겠다고 다짐했어. 제일 먼저 눈에 띈 게 너야. 네가 안 된다고 하면 빨리 다른 아이를 찾아볼게. 어차피 난 이 교실에서 곧 사라질 아이니까 어떤 소문이 나도 상관없어. 그러니까 혹시 부담되면 거절해도 돼."

"아냐! 그게 아니야!"

네가 믿고 싶은 만큼 나도 믿고 싶으니까, 절대 그런 건 아니야.

"오히려 진짜 나여도 되는 걸까 싶어서……."

"너는 다정해."

"내가?"

서라가 숨을 크게 들이마셨다가 내쉬며 다시 말을 시작했다.

"나는 내가 그냥 서라인 줄 알았어. 어렸을 때 크게 아팠지만 회복되었던 아이, 어머니가 있었던 아이, 백역에서 태어나 평생을 시니인으로 살아온 아이, 열다섯 살 서라. 그런 줄 알았단 말이지. 그런데 그 서라는 오래전에 죽었고, 나는 가짜라서 기억을 주입하며 살고 있다는 거야. 그것도 아빠가 골라 준 기억들로만 채워지고 있었지."

담담한 고백이었지만, 슬픔이 느껴지는 목소리였다.

"나의 세계는 완전히 뒤집혔어. 피부에 발진이 있고, 곳곳이 부어올라도 아픈지 모르겠어. 분명히 고통은 있는데, 이게 진짜 고통이긴 한 걸까? 내가 나를 의심해."

"……."

"지금 나에게 유일한 현실이자 진실은 내 이야기를 듣고 있는 강묘원, 너야. 회색 행성의 가상 교실에 접속해서 너와 대화하는 게 내가 오늘의 나에게 해 줄 수 있는 유일한 일이고. 화면 너머의 네가 유일하게 진짜 나를 알고 있어."

"우린 겨우 중학생일 뿐이잖아."

갑자기 눈물이 후두둑 떨어졌다. 당황할 새도 없이 엉엉 울어버릴 것만 같아 이를 꽉 깨물었다.

"거봐, 넌 다정하잖아."

"용기 내 볼게."

감정적으로 결정한 게 아니라는 걸 알려 주고 싶었다. 그래서 급하게 눈물을 닦고, 울음을 꾹 참았다.

"방송에 출연하는 건 역시 부담스럽고, 부모님에게 어떻게 설명할지도 궁리해 봐야 하지만. 그래도 내가 널 대신해서 말해 줄게."

겨우 울음을 삼키고, 고개를 들어 모니터 속 서라를 쳐다봤다. 하얀 얼굴이 상기되는 모습을, 기뻐하는 모습을 보고 싶었다. 하지만 서라는 두 손으로 이불을 꽉 움켜쥐고 있을 뿐이었다.

"다행이야. 네가 다정하고 용기 있는 아이여서."

"그래야만 한다면, 그래 봐야지."

비밀 외출

강묘원

엄마 아빠는 새로운 재료를 받으러 이웃 행성으로 떠났다. 인수네 아버지를 통해 알게 된 가방 공장에도 다녀올 계획이라고 했다. 엄마 아빠의 외출이 길어지면 나는 나머지 가족 몰래 먼 동네로 나갔다 오는 것을 좋아한다. 이번에도 인수와 재은이를 불러서 아파트가 생긴 마을에 다녀올 계획이었다.

수업이 없는 날 아침은 괜히 더 일찍 눈이 떠졌다. 창밖을 보니 대기 상태가 꽤 좋아 보였다. 바로 오늘 같은 날 비밀 외출을 하면 되겠다 싶어서 흥얼거리며 거실로 나갔더니 큰오빠와 새언니가 와 있었다.

"망했네."

예전부터 큰오빠에게는 거짓말을 할 수 없었다. 오빠는 무서울 정도로 내 표정을 정확히 읽었다.

"웬일이야?"

"출근하는 길에 들렀지. 아침밥 얻어먹으려고. 너도 와서 앉아. 아침 먹고 심부름 다녀와."

비밀 외출 계획은 완전히 망했다. 빨리 애들에게 연락해 줘야 하는데, 내 속을 알 리 없는 식구들은 그릇을 놔라, 정수기 좀 확인해라 하며 시끄러웠다.

"막내는 괴롭히라고 있는 게 아닐 텐데. 나 참."

시끄러운 오빠 언니들과 정신없이 아침 식사를 하고, 급하게 방으로 들어갔다. 모니터를 켜 인수와 재은이에게 영상 통화를 걸었다. 이럴 땐 코스모폰이 없는 게 정말 답답했다. 먼저 전화를 받은 건 재은이였다.

"뭐임. 아침부터 무슨 난리?"

"하, 오늘 바닷가로 심부름 다녀와야 해. 굴섬에 있는 어떤 가게 갔다 오라던데."

"엥? 그럼 아파트는 못 보는 거야? 부모님은 외행으로 나가신 거 맞고?"

"응. 그런데 아침부터 언니들이 난리네."

그때 짜증이 난 목소리로 인수가 나타났다.

"야, 너네 왜 벌써 일어났어. 나 어제 작업하느라 늦게 잤다고."

"오늘 비밀 외출 실패야."

"왜죠? 아줌마 아저씨 안 나가셨어?"

"아냐. 새벽에 나갔대. 그런데 우리 집에는 잔소리며 심부름이며 넘치게 할 인간들이 너무 많잖아?"

"강묘원은, 그치, 고양이 집 노예지. 권력이라고 할 게 하나도 없음."

잠이 확 깨서 낄낄 웃는 소리를 내던 재은이가 말을 거들었다. 그때부터는 은재은과 동인수가 함께 나를 놀려 대기 시작했다.

"묘묘, 굴섬으로 심부름 다녀오라고 했대."

"아아, 물레 공장 심부름이야?"

"응. 날씨도 좋으니 버스 타고 설렁설렁 갔다 오라고 하더라."

"그럼 오늘 외출은 바닷가로 가자. 어차피 나 아파트 안 궁금했어."

"그럼 묘원이네 공장 앞에서 한 시간 뒤에 만나."

그러고는 인수와 재은이는 전화를 끊었다. 도통 내 이야기는 듣지도 않고, 자기들 멋대로라는 생각에 어이없는 웃음이 나왔다.

공장에 가서 심부름거리를 받고 보니 실 뭉치가 꽤 무거웠다. 바닷가 마을에 '마크라메와 가방'이라는 공방이 생겼는데, 공예용 실을 가져다주라는 심부름이었다. 우리 물레 공장에서 만들어지는 실은 굵고 거칠어서 의류보다는 주로 공예품이나 예술 작품에 쓰이고 있다. 언젠가 B급 공예용 실로 가방이나 목도리를 만드는 예술가의 홈페이지에 들어가 본 적이 있는데, 그런 건 몸에 두르는 게 아니라 예술 작품으로 전시해 두는 모양이었다. 백역에도 그런 예술가들이 있을까 상상해 보긴 했지만 서라가 묘사한 백역은 내 상상과 아주 다른 것 같다.

인수와 재은이가 공장 앞으로 와 준 덕에 실이 든 가방을 나눠 들 수 있었다. 오랜만에 전신 바람막이를 입지 않아서 몸이 가볍다고 통통 뛰던 애들은 묵직한 실 가방을 받아 들고 금세 울상이 되었다.

아무리 날씨가 좋다고 해도 모래바람이 한 번이라도 불면 눈을 뜰 수 없었기 때문에 헬멧을 쓰기로 했다. 우리는 헬멧 안쪽에 달린 이어폰으로 대화하면서 버스 정류장으로 향했다.

"바닷가는 오랜만이지?"

"그치. 우리 지난해에 가고 올해는 처음인가?"

작년에 보았던 바닥을 드러낸 바다의 모습이 떠올랐다. 서글펐다. 어릴 적 기억 속의 굴섬은 활기찬 분위기의 동네였다. 작은 항구와 아기자기한 파라솔이 세워진 해수욕장, 즐거운 얼굴을 한 사람들이 있었다. 우리 셋이 유치원에 다닐 때였으니 꽤 오래전 기억인데도 햇살이 살갗에 닿는 느낌까지 생생하게 떠올랐다.

"굴섬, 진짜 예쁜 동네였는데."

"바닥난 바다는 좀 무섭더라."

"그래도 바다는 바다라고, 그 동네 갔더니 모래고 먼지고 습기 때문에 몸에 다 들러붙었잖아. 찝찝해서 별로였어."

나는 그런 건 괜찮았다. 오히려 바다의 느낌이 남아 있어서 안

도하기도 했다. 아직은 회색 행성의 모든 바다가 말라 버린 게 아니라서 다행이라는 느낌이었다. 하지만 물 빠진 항구에 푹푹 쓰러져 있는 폐선들의 모습은 끔찍했다. 오소소 소름이 돋는 게, 꼭 귀신의 집을 보는 것 같았다.

가상 교실 시스템이 시작되면서 좋은 학교를 찾아 마을을 떠난 친구들의 빈집이 떠올랐다. 모래와 먼지는 마을을 잡아먹을 듯 들이닥쳤다. 기분 탓이겠지만, 마을에 폐가가 많아질수록 귀신처럼 모래가 찾아오는 것 같았다. 학기가 시작되고 컴퓨터 앞에 앉아 가상 교실에 입장하던 날, 가슴이 텅 빈 것처럼 이상했다. 생각보다 빨리 가상 교실에 적응할 수 있었던 건 친구들 덕분이었다. 재은이가 정신없이 가면을 바꾸거나 인수가 갑자기 마이크에 큰 소리를 질러 놀라게 하는 장난을 쳤는데, 옛날 교실이 떠올랐다. 내 방 안에서도 옛 교실 냄새를 맡을 수 있었다.

우리는 버스 맨 뒷좌석에 나란히 앉았다.

"오늘 버스에 사람도 별로 없는 것 같네."

"날씨가 좋으면 다들 외행으로 나가려고 하니까."

"그런데 이상하지 않냐?"

속으로만 생각한다는 게 입 밖으로 말이 툭 튀어나왔다.

"뭐가 이상해?"

"회색 행성 날씨가 좋으면 회색 행성에서 놀면 되지, 왜 외부 행성으로 나가?"

"여기 날씨가 좋아 봐야 바깥만 하겠어?"

재은이의 말에 아무 대답도 할 수 없었다. 재은이는 외행 트럭 운전사인 아버지를 따라 밖에 다녀온 적도 있으니까 재은이의 말이 맞을 것 같았다. 왜 우리 행성만 이렇게 어두워졌을까?

굴섬까지는 버스로 사십 분 정도 걸렸다. 재은이와 인수가 끊임없이 이야기를 하는 동안, 나는 꾸벅꾸벅 졸았다. 창밖으로 보이는 세상이 오랜만에 맑아서 오래도록 보고 싶었는데, 기분 좋은 밝기에 친구들 목소리까지 더해지니 졸음이 쏟아졌다. 꿈속에서 옛날 우리 행성을, 굴섬의 해수욕장을 본 것 같았는데……. 그때는 우리 행성을 뭐라고 불렀는지 기억나지 않았다.

항구 근처에서 내리면 바로 보일 만한 가게라고 했는데, 아무리 둘러봐도 예쁜 소품 가게 같은 건 보이지 않았다. '굴섬 어항 수산물 직판장'이라고 쓰여 있는 거대한 건물이 을씨년스럽게 서 있을 뿐이었다. 그때 인수가 "아!" 하고 소리를 지르더니 수산물 직판장 건물 안으로 뛰어 들어갔다. 지금 영업 중인 수산물 가게는 없을 터였는데, 인수를 따라 안으로 들어가니 아기자기한 가게들이 늘어서 있었다.

"여기 수산물 직판장 건물 철거할 만한 회사가 없어서 청년 공방이 생겼다고 했어. 여기 메카 피규어 만드는 분도 있다고 했던 것 같은데!"

인수는 눈을 반짝이며 건물 안을 뛰어다니더니 순식간에 사라져 버렸다. '마크라메와 가방'은 2층에서 발견할 수 있었다. 재은이와 나는 실 가방을 내려놓고, 사장님이 만든 작품을 구경했다. 레이스와 여러 매듭으로 짜인 베이지색의 커다란 마크라메가 무척 예뻤다.

"혹시 부모님 공장에서 D급 공예용 실도 팔아요?"

나도 모르게 손을 뻗어 마크라메를 만질 뻔했을 때 사장님이 물었다.

"카펫 짤 때 쓰는 거요? 아니요, 아직 우리 공장에서는 안 나와요. D급 공예용 실은 일정한 굵기로 나와야 되거든요."

"그렇구나."

하얀 얼굴에 부끄러움이 많은 듯한 사장님을 보고 있으니 서라가 떠올랐다.

곧 인수가 가게를 찾아와서 나머지 실뭉치를 전달했다. 사장님은 있고 싶은 만큼 머물러도 된다고 했지만, 우리는 말라 버린 바다를 보기 위해 금세 자리에서 일어났다. 택시 바이크도 거의 다니지 않는 쓸쓸한 분위기의 도로를 가로질러 바닷가, 아니 바닷가였던 곳으로 향했다.

"여기쯤에 해수욕장 표지판 있지 않았어?"

"맞다. '굴섬해수욕장'이라고 여섯 글자 색깔 다 다르게 돼 있는 설치물이 있었는데."

우리는 해수욕장이 있던 자리로 넘어가 무너져 있는 돌 위에 앉았다.

"이건 계단이었을까, 연석이었을까?"

"몰라. 안 궁금해."

우리는 순식간에 착잡한 기분이 되어서 말을 잃었다.

"기분 별로다."

"응. 갈래?"

"아직 버스 시간 남았음. 이십 분 정도 더 있어야 해."

우리는 버스 시간이 다 되도록 그 자리에 앉아 있었다. 바닥난 바닷가의 적막한 풍경에 압도되어 어떤 말도 할 수 없었다.

이십 분 뒤, 버스 기사님이 우리를 향해 경적을 울렸을 때에야 정신이 번쩍 돌아오는 듯했다. 급하게 뛰어 버스에 오르다 계단에서 미끄러졌다. 신발에 달라붙은 젖은 모래 때문이었다. 평소 같았으면 재은이든 인수든 우스꽝스러운 내 모습에 푸하하 웃어 버렸을 텐데, 애들은 웃지도 않았다.

"바다가 다 말라 버렸는데, 모래는 왜 젖어 있을까?"

뒤에서 재은이가 중얼거리는 소리가 들렸다. 우리는 약속이라도 한 듯이 맨 뒷좌석으로 향했다.

운동장에 모래 더미가 쌓인 분교를 지나고 있을 때, 인수가 입을 열었다.

"큰 집엔 진짜 아무도 안 온 것 같더라."

"가 봤어?"

"응. 아버지도 궁금했는지 따로 가 보셨더라고. 집주인도 집을 내놓은 적이 없대."

"그렇구나."

덜컹거리는 버스의 느낌도 쓸쓸하게 느껴졌다.

"분위기가 왜 이래."

"그러게 말이다."

"흠. 윤서라랑은 좀 친해짐?"

"모르겠어. 묘하게 벽이 있는 느낌이라."

"어디로 이사 왔대?"

"그것도 모르겠음. 안 물어봤어."

그때 버스에서 "다음 정거장은 선인장 농원……"이라는 안내가 나왔다. 창밖으로 선인장 농원이 보였다. 바닷가 마을에서 별로 멀지 않은 곳이었는데, 선인장 농원이 생겼다니! 이게 회색 행성의 현실이구나 싶었다.

"어? 가레야 새끼 아니야?"

"가레야가 있어?"

가레야는 사막화 지역에서나 발견되는 여우속 동물인데, 어미와 새끼들이 무리지어 다니는 습성이 있다. '사막화 지역 동물 구하기' 봉사 활동을 하러 갔을 때 처음 봤는데, 새끼 주변에는 반드시 어미 가레야나 둥지 흔적이 있어야 했다. 하지만 재은이가 발견한 가레야 새끼는 혼자서 선인장 사이를 뛰어다니고 있었다.

"버려진 걸까?"

재은이가 슬픈 목소리로 물었다. 서라가 떠올랐다.

"잃어버린 걸 수도 있지. 어미가 찾고 있을 수도 있어."

인수가 대답했다.

나는 그때에서야 깨달았다. 반드시 서라의 엄마를 찾아야 한다는 것을. 찾아서 서라가 직접 해야 할 질문이 있다는 것을. 그러기 위해서는 내가 반드시 백역으로 떠나야 하고, 내가 백역으로 떠나기 위해서는 인수와 재은이의 도움이 필요하다는 것을.

*

공항에서 차를 타고 바로 방송국으로 향하면서 본 거리의 풍경은 이색적이었다. 너무나 당연했지만 건물들은 온통 하얀색이었고, 검은색 간판에 흰 글씨로 꾸민 경우도 많았다. 거리에는 의외로 나무와 꽃이 많았는데, 그것들은 흑백의 세상에서 유일하게 색을 뒤집어쓴 것처럼 보였다. 그래서 이상해 보였다. 하지만 이렇게 공기가 좋은 곳이라면 어떤 식물이든 마음껏 자랄 수 있겠지, 하는 생각에 회색 행성의 거리가 떠올랐다.

퍼석퍼석하고 그다지 예쁘지 않은 식물들. 그마저도 먼지를 뒤집어써서 손으로 이파리를 훑으면 손이 까매졌다. 들꽃이 가끔 피기는 했지만 생명이 오래가지는 못했다. 그런 걸 들여다보고 있는 시간을 좋아했다. 엄마도 오빠들도 언니들도 그런 나를 잘 이해하지 못했지만, 서라는 그런 걸 이해해 줄 친구처럼 느껴졌던 것 같다. 시간이 없어 미처 말하지 못한 나의 이상한 부분들, 특별한 부분들을 충분히 들어 주고 이해해 줄 거라고. 그러니까 서라가 아직 살아 있었으면 좋겠다. 꼭 방송을 봐 줬으면 좋겠다. 언젠가 다시 만나서 대화를 할 수 있었으면 좋겠다.

방송국에서 입혀 준 옷은 윗옷부터 신발까지 온통 까만색이었다. 직접 가져온 옷을 입은 사람도 있었지만, 대부분의 사람들은 결국 방송국에서 꾸며 주는 대로 입었다. 반짝거릴 정도로 매끄럽고 까만 옷감이었다. 우리 행성에서는 구할 수 없는 옷감이라는 것을 느끼면서 살갗에 스치는 낯선 감각에 기분이 묘해졌다. 내가 백역에 왔다는 것이 실감됐다. 오히려 공항에 도착했을 때보다, 이국적인 식물을 봤을 때보다 더 그랬다.

자꾸 긴장이 돼서 화장실을 들락날락했다. 거울에 비친 내 모습은 더 이상했다. 까만 옷에 어울리지 않는 어두운 피부를 가진 것만 같다. 나쁜 공기 때문에 거칠거칠해진 피부가 두드러지는 같다. 하지만 내가 여기에 온 건 연예인이라든지 유명인이 되기 위해서가 아니니까! 고개를 휘휘 저었다.

"안녕하세요. 저는 친구 윤서라와 서라의 엄마를 찾으러 백역에 왔습니다."

거울 앞에 서서 어색한 인사말을 몇 번이고 반복해서 연습했다.

"기죽지 마! 강묘원, 우리 꼴사나운 건 못 참는다!"

재은이의 목소리가 들리는 것 같았다.

굴섬으로 심부름을 갔다가 집으로 돌아오는 버스에서 인수와 재은이에게 서라 이야기를 했을 때, 친구들은 나를 이상하게 생각하지 않았다. 미워할 줄 알았는데, 서운해하지도 않았다. 서라를 위해 백역으로 가겠다는 나의 결심에 "어떻게 백역에 갈 건데?"라고 물어 왔을 뿐이다.

내가 서라를 친구로 생각하고 백역으로 향하는 우주선에 올랐듯이, 재은이는 나를 친구로 생각하기 때문에 진심으로 응원하고 있을 것이다. 나는 할 수 있다. 할 수 있을 것이다.

긴장을 풀기 위해 양손을 마구 털었다. 그리고 숨을 깊게 들이마셨다 내쉬었다. 맞아! 여긴 공기청정기가 필요 없을 만큼 깨끗한 공기가 가득한 곳이잖아. 내 폐에 백역의 깨끗한 공기를 가득 채워 가자! 숨을 크게 들이마시고 내쉬고, 들이마시고 내쉬며 방송국 복도를 왔다 갔다 했다.

대기실로 돌아가니 내 또래 출연자들이 모여 이야기를 하고 있었다. 사람들의 사연을 들으면서 내가 얼마나 안전한 세상에서 살고 있었는지 알게 되었다. 그리고 얼마나 작은 세상에서 살고 있었는지도. 이 우주에는 정말 많은 행성이 있고, 정말 많은 사람이 각각의 사연으로 살아가고 있었다.

집을 나간 오빠를 찾으러 나온 중년의 여성도 있었고, 아픈 동생의 상황을 알리기 위해 부모님을 찾으러 나온 언니도 있었다. 행성 간 이동 중 교통사고로 쌍둥이 형들을 잃어버린 친구도 있었다. 할머니의 유골을 실은 우주선을 찾으러 나온 사람도 있었고, 나보다 훨씬 키가 작은 동갑내기도 있었다. 동갑 친구는 큰 전쟁이 있었던 은하 출신이라고 했다. 자기는 탈출에 성공했는데, 같은 보육원 출신의 친구도 탈출에 성공했는지, 그랬다면 어디에서 어떻게 지내고 있는지 궁금하다고 했다. 정작 본인의 상태도 좋아 보이지는 않았는데, 친구를 걱정하는 마음이 애틋하게 느껴졌다.

어느새 내 앞 번호 사연자가 촬영을 하는 동안 나는 무대 뒤에서 숨을 고르고 있었다. 이상하게 떨렸다. 왜 이렇게까지 떨려야 하는지 모르겠다.

“으아, 너무 떨린다. 이제 와서 도망가면 안 되겠지?”

“안 돼.”

쌍둥이 형들을 찾는다던 거구의 친구가 내 곁에 다가와 단호하게 대답했다.

“무슨 일이든 바로 앞에 닥치면 도망가고 싶어지는 법이야. 진짜 잘 준비한 일이라도 눈앞에 닥치면 ‘만약’이라는 걸 생각하게 되거든. 그렇게 덜덜 떠는 게 정상이야.”

“고마워.”

그때 내 앞의 사연자가 무대 뒤로 내려오는 것이 보였다.

"네, 다음은 29번 사연자를 만나 볼까요? 엄마를 찾는 아픈 소녀의 이야기예요."

"맞아요. 그래서 제작진이 이 사연을 그냥 지나칠 수 없었다고 하죠? 자세한 이야기는 직접 들어 보도록 하겠습니다. 29번 사연자, 나와 주세요."

진행자들의 말소리가 멍멍 귀를 울리듯 들렸다. 가슴이 터질 듯했다. 긴장하지 않으려고 해도 긴장되지 않을 수 없는 순간이었다. 덩치 커다란 친구가 내 등을 밀어 주지 않았다면 나는 무대에 오르지도 못했을 것이다.

"저는 회색에서 왔습니다."

맙소사. 너무 긴장한다 싶었는데, 처음부터 말이 꼬였다.

"아! 저는 회색 행성에서 왔습니다. 친구의 엄마를 찾고 싶어요."

"친구가 마음이 급한 모양이에요! 29번 사연자분, 먼저 자기소개를 해 주시겠어요?"

호흡을 가다듬었다. 내가 여기서 망치면 안 돼. 꼭 해내야 해. 이건 내 일이 아니야! 그러니까 더 망칠 수 없어. 지금도 침대에 누워 아버지의 퇴근 시간을 재고 있을 서라를 떠올려. 제발, 제발 정신 차려, 강묘원!

눈을 꼭 감았다 뜨고, 작지만 분명한 목소리를 냈다.

"제 이름은 강묘원입니다. 회색 행성에서 왔어요."

“사연 접수자의 이름은 윤서라로 되어 있는데요.”

호흡을 가다듬는다. 후우, 하아, 후우, 하아…….

“서라는 제 친구예요. 서라는 이곳 백역에서 살고 있는 사연의 주인공입니다. 저는 회색 행성에 살고 있는 강묘원이고요. 후…… 잠시만요.”

눈을 꼭 감고 숨을 고른 후에 다시 말을 시작했다.

“서라가 『눈의 여왕』 이야기를 들려줬던 엄마를 찾고 있어요. 서라는 지금 아파서 집에서 나올 수 없는 상황이고요. 제가 서라 대신 사연을 말하기 위해 출연하게 됐습니다. 서라가 많이 아파요. 그래서 엄마를 빨리 찾고 싶어 해요.”

그러고는 무슨 일이 일어났는지 모르겠다. 내가 어떤 말을 더 했는지, 서라가 알려 준 『눈의 여왕』 이야기를 잘 했는지, 엄마에 관한 정보는 틀리지 않고 말했는지, 사람들 반응은 어땠는지 기억나지 않는다. 나는 계속 말을 했고, 어느샌가 무대에서 내려오고 있었다.

서라에게 물어보고 싶다. 서라야, 나 잘하고 있어? 네가 생각한 대로 잘 되고 있어?

「파인딩」 녹화가 이뤄지고 있는 곳은 돔 입구에서 멀지 않은 곳에 있는 고층 호텔이었다. 꼭대기 층의 로비에서는 넓은 창을 통해 새하얀 도시 전경을 볼 수 있었다. 커다란 창밖을 내다보면 왼

쪽으로는 돔의 일부가 보였다. 돔 입구로 보이는 거대한 문은 해가 지도록 열려 있었다. 돔 입구에서부터 시작되는 크고 하얀 길은 도심을 향해 뻗어 나가듯 펼쳐져 있었다. 나는 창에 달라붙어 오른쪽 세상을 구경했다. 사람들이 북적이고, 가게 불빛이 번쩍거리고, 색색의 꽃들이 반짝이는 도심이 돔에 있는 곳보다 더 재밌어 보였다.

출연자들은 「파인딩」의 사연 소개를 촬영하는 2박 3일간 호텔 밖으로 나갈 수 없었다. 내가 지내게 된 방은 7층이었는데, 입소 당시에 약간의 소동이 있었다. 스포일러를 막기 위한 조치로 2박 3일간 개인 촬영이나 외출이 불가하다는 서약서를 미리 받았는데도 코스모폰이나 스마트 패드를 제출하지 않으려는 아이들이 있었기 때문이었다.

녹화가 끝나고 방에 내려오자마자 침대에 털썩 누워 버렸다. 격투기를 하고 온 것도 아닌데, 온몸에 힘이 쭉 빠지면서 근육통이 느껴졌다. 저녁 식사를 위해 2층 카페테리아로 갔더니 내 또래 아이들이 모여서 밥을 먹고 있었다. 통화를 할 수 있는 구역에는 줄이 늘어서 있었다.

갖가지 음식들이 뷔페식으로 준비되어 있었다. 선뜻 손이 가지 않아서 따뜻한 차와 잘 구워진 고기빵을 들고 빈자리로 향하고 있는데, 덩치 큰 친구가 큰 소리로 나를 불렀다.

"29번 친구! 너도 이쪽으로 와."

또래 아이들이 모여 있는 테이블 끝 쪽이었다.

"너도 녹화 끝난 거야?"

"응. 넌 아까 녹화 끝난 거 아니야? 왜 이제 내려와?"

"너무 지쳤어. 진짜 피곤하더라. 생각보다 더 긴장했었나 봐."

"그럴 수 있지. 넌 이름이 묘원?"

"어? 어떻게 알아?"

"아까 무대 뒤에서 봤잖아. 그래서 들었어. 회색 행성에서 온 강묘원."

"아, 맞아."

"나는 본본. 근데 너 진짜 대단하다. 친구를 위해서 출연한 거라며."

왠지 부끄럽고 민망해서 고개만 끄덕였다.

"나는 벡스에서 왔어."

"그렇구나. 나는 회색 행성, 아, 행성 코드는 W1AREA야. 우주로 나온 게 처음이라서 벡스는 잘 모르겠다."

"나도 회색 행성이라는 곳은 처음 들어."

"너는 녹화 잘한 것 같아? 형제를 찾는다고 했던 것 같은데."

"맞아. 서로 쌍둥이인 형들이 있거든. 묘원이는 형제 있어?"

"응. 언니 오빠들이 있어. 내가 막내야."

갑자기 느껴지는 허기에 허겁지겁 빵을 먹으며 본본의 질문에 대답했다. 본본과 대화를 하는 사이 긴장이 풀어진 모양이었다.

"오, 그럼 여기 온다고 했을 때 꽤 반대했을 것 같은데?"

"그래서 말도 안 하고 왔어. 친구들이 뒷수습해 주기로 했는데, 몰라. 생각 안 하고 싶어."

"푸하, 대책 없는 친구네!"

본본과 이런저런 이야기를 하는 사이, 우리 주변으로 새로운 아이들이 모였다. 아이들은 각자가 가져온 음식을 서로에게 권하면서 가까워졌다. 어떤 아이가 건넨 빨간 알갱이가 가득한 과일을 한 입 베어 먹었는데, 신맛이 너무 강해서 입안이 얼얼할 정도였다. 본본이 덜어 준 붉은 국물의 고기 국수는 '라깁만'이라고 했는데, 특이한 향이 나는데도 정말 맛있었다. 라깁만은 벡스에서 흔하게 볼 수 있는 길거리 음식이라고 했다.

"고향 음식도 아닌데, 이 국물만 먹었다 하면 괜히 뭔가 무척 그립고 슬픈 느낌이 든다니까."

본본은 우주 교통사고로 형들과 헤어진 뒤로 벡스라는 복지 행성에서 지내고 있다고 했다. 고향 동네의 풍경이나 냄새만 기억나고 동네 이름이 기억나지 않아서 「파인딩」에 보낼 사연을 쓰는 내내 골머리를 앓았다고 한다.

"형들은 기억하는 게 꽤 있을 텐데 말이야."

웃어 보이는 본본이 대단하게 느껴졌다.

"형들에 관해 알고 있는 게 있어?"

"사고가 있었던 우주 정거장 이름이랑 날짜는 기억해. 기록을 뒤져서 사고 정보는 좀 찾았는데, 탑승했던 사람들에 대한 정보는 없더라고. 그래서 여기 나온 거야. 쌍둥이니까 사람들 기억에 좀 더 잘 남지 않을까 하고."

"그렇겠네. 걱정되지 않아?"

"찾지 못할까 봐? 아니면 안 좋은 소식이 들릴까 봐?"

"뭐든."

"별로. 둘 다 손재주가 좋거든. 뭘 해서라도 먹고 살고 있을 거야. 그쪽은 둘이기도 하고. 오히려 형들이 나를 걱정하고 있겠지."

가볍게 대답하고 자리에서 일어난 본본은 그릇을 퇴식구에 갖다 놓더니 새로운 사람들과 어울렸다.

본본은 사람들과 쉽게 친해지는 재주가 있었다. 단순히 붙임성이 좋아서만은 아닌 것 같았다. 본본은 부리부리한 이목구비에 다소 강한 인상을 가진 데다 홀로 우뚝 솟아 보일 정도로 키가 컸기 때문에 쉽게 다가갈 만한 타입은 아니었다. 그래서 본본이 사람들과 어울리는 모습을 관찰했다. 역시 아무도 본본에게 먼저 말을 걸지 않았다. 하지만 본본이 먼저 사람들에게 말을 걸었고, 일단 대화가 시작되면 모두들 신나게 떠들기 시작했다.

"묘원! 밥 다 먹으면 뭐 할 거야? 그 친구랑 통화?"

본본이 성큼성큼 다가오며 물었다.

"아니. 방에 올라가려고."

"많이 피곤했구나?"

본본은 작은 것에도 공감하고, 순수하게 반응했다. 말 몇 마디로 사람을 편안하게 해 줄 수도 있구나. 문득 나도 서라에게 그런 친구일지 궁금해졌다.

"저기 백역 출신인 애가 있더라고. 네 친구 얘기를 해 봐도 좋을 것 같아서."

"아아, 고마워. 너는?"

"나?"

"너는 형들에 대한 정보 좀 얻었어?"

"아니. 그래도 손재주가 좋았다니까 세공이나 조립 같은 일을 하는 데를 알아보는 게 어떻냐는 얘길 들었어. 그래서 생각났는데, 우리 작은형은 요리를 좋아했거든. 요리사가 됐을 수도 있지 않을까?"

손재주로 먹고 사는 이야기를 하니 우리 행성이 떠올랐다.

"그럴 수도 있겠네. 우리 행성도 보통은 제조업 아니면 유통업이라서."

"회색 행성이?"

"응. 회색 행성에는 기계 공장이 거의 없어. 대부분이 손으로 물건을 만드는 작은 공장이나 공방을 운영해. 환경적인 이유인데, 그런 곳에도 있을 법하다."

"오…… 내일 너희 행성 얘기 좀 더 들어 봐도 되나?"

이후에 본본의 도움으로 백역 출신이라는 아이와도 대화를 나눠 봤지만 별다른 소득은 없었다. 방에 올라가려고 엘리베이터를 기다리는데, 채널100의 제작진 한 명이 다가왔다.

"묘원 씨 친구들이 언니에게 연락한 모양인데요. 강초원 씨라고……."

"네. 저희 막내언니예요."

"만나러 올 수 있냐고 해서 일단은 방송 때문에 안 된다고 했거든요. 혹시 통화하고 싶으면 카페테리아 층에 있는 넷 구역을 이용하면 돼요."

"감사합니다."

넷 구역에는 대기하는 사람이 없어서 바로 전화를 걸 수 있었다. 하지만 통화 연결음이 들리자 심장이 터질 듯이 두근거렸다. 언니가 벌컥 화를 내면 어떡하지? 엄마 아빠에게 무슨 일이 생겼다고 하는 건 아니겠지?

곧 연결음이 멎고 모니터에 언니 얼굴이 보였다.

"강묘원, 가지가지 하네."

"하하하."

굳은 얼굴로 어색하게 웃었더니 언니가 혀를 차며 고개를 저었다. 언니 뒤로 보이는 방은 온통 하얀색으로 도배되어 있었다. 언니가 입고 있는 운동복도 하얀색이어서 얼굴만 동동 떠 있는 것처럼 보였다.

"언니, 얼굴만 동동 떠다니는 귀신 같아. 좀 무서운데."

그러자 이번에는 언니가 어색하게 웃었다.

"별로 멋있진 않지? 이제야 솔직하게 말할 수 있겠다. 너도 봐서 알겠지만, 여기선 내가 고를 수 있는 게 별로 없어. 온통 하얀 색밖에 안 팔아서. 집 구할 때도 돌아 버리는 줄 알았어."

흰색에 둘러싸인 언니는 내가 알던 모습이 아닌 것 같으면서도, 틱틱대는 말투는 여전하게 느껴져서 안도했다.

"엄마 아빠랑 연락해 봤어?"

"아니. 무서워서 아직."

"오늘은 내가 말씀드릴 테니까 내일 아침에라도 연락해."

"많이 화나셨을까?"

"뭐, 혼나는 건 돌아가서 겪을 일이니까 지금은 맘껏 일탈을 즐기시지."

서라도 언니처럼 새하얀 방에 있을까? 서라가 얘기해 줬던 『눈의 여왕』 이야기가 떠올랐다. 눈의 여왕이 사는 세상도 저렇게 하얗겠지? 거기서 행복했을까? 눈의 여왕은 매일 하얀 세상에서 무엇을 봤을까? 투명한 얼음 성이나 새하얀 방에서는 오히려 너무 눈이 부셔 아무것도 보이지 않을 것 같았다.

"너무 하얘서 눈 둘 곳을 못 찾겠어."

"뭐라고?"

내가 한 말이 언니에게 들리지 않아서 다행이었다.

너무 눈이 부셔. 서라야, 너도 저런 방에 있어? 이렇게 눈이 부신 세상에서 무얼 보고 있니? 무슨 색 꿈을 꾸고 있어? 눈이 멀지는 않았니?

서라와 이야기하고 싶었다. 하지만 서라는 가상 교실에서만 만날 수 있고, 어쩌면 벌써 가상 교실을 떠났을 수도 있다. 우리는 이미 영원히 헤어진 것일지도 모른다.

"괜찮았어?"

언니가 뜬금없이 물었다.

"궁금한 게 그게 다야?"

"응."

"왜 더 묻지 않아?"

별일 아니라는 듯한 표정의 언니에게 다시 물었다.

"중요한 건 그 친구잖아. 그 친구한테는 네가 목숨줄이었을 거야."

"응."

하얀 방이어도 괜찮으니까 언니와 나란히 누워 이야기하고 싶어졌다. 괜히 눈물이 날 것 같았지만, 참았다. 서라는 내가 연약해지지 않길 바랐을 것이다. 그리고 자신 또한 연약해지지 않으려고 최대한 무덤덤하게 이야기했을 것이다.

"괜찮을까?"

무엇이? 내가 언니에게 물어 놓고도 의문이 생겼다.

"괜찮지 않을까?"

괜찮을 것이다.

"하지만 아무렇지 않은 건 아니겠지."

그렇다. 아무렇지 않을 수는 없을 것이다.

"그러니까 나는 네가 한 선택이 맞다고 생각해. 혼나는 건 엄마 아빠한테 혼나는 걸로 충분하잖아."

언니의 말에 결국 눈물이 핑 돌았다. 아무렇지 않을 수는 없겠지만, 그래도 괜찮았으면 좋겠다. 서라가 살아서 「파인딩」을 보고, 엄마를 찾았으면 좋겠다. 그리고 나를 만났으면 좋겠다. 카이와 게르다를 다시 만날 수 있게 된 눈의 여왕처럼 나와 서라도 다시 만난다는 이야기. 나는 그런 이야기를 기대할 것이다. 눈물을 삼키고, 언니와 통화를 끝냈다.

방으로 돌아왔을 때 창밖 풍경은 뭔가 달라 보였다. 새하얀 거리와 알록달록한 꽃을 가로등 불빛이 밝게 비추고 있었다. 모든 것이 반짝거리고 있었다.

그날 밤, 꿈에서 하얀 눈으로 가득한 세상을 보았다.

계획에 없었던 플랜 B

윤서라

외로운 곳으로 기억되는 장소가 있습니다. 그곳은 영원히 외로운 곳으로 남을까요? 외로움을 경험했던 시절은 바꿀 수 없는 과거이므로, 그 장소의 모습이 바뀌어도 그때 느꼈던 외로움은 사라지지 않을까요? 그렇다면 무척 슬픈 이야기가 될 것입니다. 나는 집을 영원히 외로운 곳으로 기억하게 될 것 같기 때문입니다.

*

눈을 뜨니 하얀 천장이 보였습니다. 천장이 평소보다 높아 보였습니다. 그리고 낯선 소독약 냄새와 함께 바짝 말라 거친 이불의 감촉이 느껴졌습니다. 정신이 번쩍 들지는 않았지만, 몸이 평소와 다르다는 것 또한 알 수 있었습니다. 가뿐하게 몸을 일으켜 앉아

주변을 둘러보니 집이 아니었습니다. 나는 병원에 있을 법한 새하얗고 차가운 침대 위에 있었습니다. 수많은 줄이 기계에 연결되어 있었습니다. 손을 들어 줄을 만져 보니 대부분은 내 머리와 가슴에 연결되어 있었습니다.

아버지가 드디어 병원에 데리고 온 걸까요? 지난밤에 내가 정신을 잃기라도 해서 아버지가 병원에 올 수밖에 없었던 걸까요? 내가 기억하는 건 심부름 업체에서 보내 준 묘원이의 영상을 아사와 함께 본 것입니다. 영상에는 묘원이가 백역 공항에 무사히 도착한 장면, 방송국에서 차례를 기다리는 장면, 그리고 무대 위로 올라가는 장면까지 담겨 있었습니다. 묘원이는 제가 상상했던 것보다 키가 작았어요. 내 안에서 제멋대로 만든 묘원이에 대한 이미지는 키가 크고 단단한 팔다리를 가진 모습이었는데, 영상 속 묘원이는 너무 작았어요. 왈칵 눈물이 쏟아질 것 같은 이상한 기분이 울렁거렸어요.

긴장한 듯했는데도 결국 끝까지 이야기를……. 아, 기억은 이야기하는 묘원이의 모습을 보는 중간에서 끊겼습니다. 묘원이가 무대에서 어떤 이야기를 했는지 다 보지 못한 것 같아요. 혹은 영상을 끝까지 봤는데, 내가 기억을 못 하는 걸까요? 그렇다면 아사는 내가 복제 인간이라는 것을 알게 되었을 텐데요.

아사에게 묘원이 이야기를 꺼내기까지는 생각보다 오랜 시간이 걸리지 않았습니다. 아사가 먼저 우리 집으로 쳐들어와 「파인딩」에 출연할 거냐고 물어봤기 때문입니다. 채널100에서 내 사연을 방송에 내보내고 싶다고 연락했는데, 바로 답을 하지 못하자 아사에게도 연락이 간 것이었습니다. 당장은 고민 중이라며 얼버무리고 넘겼지만, 어차피 「파인딩」이 방영되면 모두가 알게 될 일이었습니다. 나중에 알게 되었을 때 아사의 기분을 생각하면 적어도 묘원이에 대해서는 먼저 설명해 주어야 할 것 같았습니다.

일단은 회색 행성의 가상 교실과 묘원이에 대해 말하기로 했어요. 아사는 서운해하는 기색은 전혀 없이, 눈을 반짝이며 내 이야기를 들어 주었죠. 그리고 비밀 임무를 수행하는 것처럼 즐거워했습니다.

"재밌긴 한데! 나한테 끝까지 말 안 해 줬으면 진짜 서운했을 것 같아."

아사는 솔직하게 말해 주었습니다. 나는 역시 '복제 인간'에 대해서는 이야기하지 못했습니다. 그래서 지금 아사는 어떤 생각을 하고 있을지, 나에 대해 어떤 감정을 가지고 있을지 상상이 되지 않습니다.

아사는 내가 한 선택을 존중한다고 했습니다. 중요한 건 엄마를 찾는 일이라고요. 심부름 업체에서는 묘원이가 방송 녹화를 마치고, 방송국에서 준비한 숙소에서 생활 중이라고 했어요. 이후 묘원이의 일정이 어떻게 되는지는 아직 알아내지 못했다고 했어요. 백역에 묘원이가 와 있다고 생각하니, 실제로 보고 싶어졌습니다.

직접 얼굴을 마주하고 대화하면 우리는 어떤 기분이 들까? 그런 생각을 했던 것 같습니다.

그리고 아사와 함께 묘원이 영상을 보다가…… 눈을 뜨니 지금, 이렇게 낯선 곳입니다.

이곳이 정말 병원이라면 격리 병동이나 소독 병실인 듯했습니다. 침상이 두세 개는 더 있어도 될 것 같은 크기의 방이었는데, 방 안에는 내가 누워 있는 침대 하나와 기계 몇 대가 전부였습니다. 보호자가 쓸 수 있는 간이침대나 소파도 없었습니다. 사방이 하얀 벽이었습니다. 그중 한쪽 벽은 커다란 철문처럼 보였어요. 자리에서 일어나 앉아 보니, 연결되어 있는 선들이 당겨서 불편했습니다. 문은 굳게 닫혀 있는 것 같았고, 바깥 소리는 전혀 들리지 않았습니다.

아버지의 제약 회사 연구실일지도 모른다는 생각이 드는 순간, 온몸에 소름이 돋았습니다. 그러고 보니 병실 문이 저렇게 거대한 철문일 필요가 있을까요? 창문 하나 없이요. 아버지의 비밀 연구실일지도 모릅니다. 복제 인간을 만들어 낸 곳이자 첫 번째 서라를 폐기한 곳. 그러면 이번에는 나를 폐기하려는 것일지도 모릅니다. 숨이 턱 막히는 느낌이 들었습니다. 두려웠어요. 나는 이대로 아무도 없는 곳에서 죽는 걸까요? 엄마를 만나지 못하고, 나를 뭐라고 정의하지도 못하고요.

하얀 천장, 하얀 벽만이 보였습니다. 흔한 사각형 무늬도 없이 온통 흰 바탕이었습니다. 기계 장치에서 들리는 반복적인 전자음은 나에게 최면을 거는 것 같았습니다. '그대로 주저앉아 있어. 그냥 누워 있으면 돼.' 하고요. 숨이 점점 가빠졌지만, 기계에는 어떤 변화도 기록되지 않았어요. 수많은 줄에 연결되어 있는 몸이, 실은 의미 없는 덩어리에 지나지 않는 것처럼 느껴져서 눈물이 삐져나왔습니다.

"네가 결정할 수 있는 일은 없단다. 그대로 가만히 누워 있으면 돼."

이제는 완벽하게 환청이 들리는 듯했습니다.

"어머니……."

힘을 주어 목소리를 내 보았습니다. 그러자 이상한 소리가 사라지는 것 같았습니다.

"아버지, 거기 계세요?"

내 목소리만이 울렸습니다. 주변을 둘러보니 카메라도 스피커도 보이지 않았습니다. 그러니 가만히 누워 있으라는 말은 어디서도 들리지 않은 소리였습니다.

"아버지!"

아무도 대답하지 않았습니다. 누구도 들여다보지 않는 방에서 나갈 수는 있을지 확인하고 싶었습니다. 문이 열리는지, 혹시 숨겨진 유리창이 있진 않은지를요. 차라리 조금 무섭더라도 작은 구멍을 통해 실험용 생물을 들여다보는 아버지의 눈이 보였으면 했습니다. 아버지가 큰 소리로 미친 과학자의 웃음소리를 들려주길 바랐어요. '괜찮다, 서라야. 아버지가 아프지 않게 해 주마.' 하면 그냥 그렇게 믿어 버리려고도 했어요. 하지만 아무 소리도 나지 않았고, 아버지는 나타나지 않았습니다.

고요의 방에서 잠이 들면 영원히 깰 수 없을지도 모릅니다. 죽는지도 모르는 채 죽고 싶진 않았습니다. 다시 한번 몸을 일으켜 베드에서 내려왔습니다.

바닥에 발바닥을 잘 딛고, 차갑고 딱딱한 감촉을 느끼며 숨을 깊게 내쉬었습니다. 허리에 힘을 줘서 똑바로 섰습니다. 잠시 아찔했을 뿐, 나는 쓰러지지 않고 잘 서 있을 수 있었습니다. 먼저 내가 입고 있는 옷을 뒤져 보았습니다. 흔한 환자복 형태였지만, 병원 이름이 적혀 있지는 않았습니다. 주머니에도 아무것도 들어 있지 않았어요.

몸을 숙여 침대 밑을 보았습니다. 내 물건이 담긴 바구니 같은 건 없었습니다. 전에 입고 있었을 옷이나 코스모폰, 가방 같은 것도 보이지 않았어요. 아무래도 아버지가 내 고발 작전을 알아채고, 나를 가둔 게 아닐까요? 침대 밑만이 아니었습니다. 매트리스와 침대 사이, 베개 밑, 작은 탁자 서랍에도 들어 있는 건 없었습니다.

줄이 꽂혀 있는 기계를 끌고 방을 걸어 보았습니다. 아주 느린 걸음이었지만, 힘들지 않게 걸을 수 있었습니다.

침대에 앉아 천천히 생각해 보기로 했습니다.

첫 번째는 아버지가 아닌 누군가에 의해 병원에 입원하게 되었다는 가정입니다. 여러 가지 경우를 생각할 수 있습니다. 묘원이 덕분에 내 사정을 알게 된 누군가가 나를 구출했다는 가정. 아니면 위험한 사람이나 단체에 사로잡힌 것일 수도 있습니다. 어차피 나는 병든 복제 인간이고, 내 목숨 따위 중요하진 않으니 이런 저런 실험을 당할 수도 있어요. 종교 테러 집단일지도 모르죠. 나는 처형당하기 전일지도 모릅니다. '아버지가 아닌 누군가'라는 가정은 너무 막연했습니다.

두 번째는 역시, 아버지가 실험실에 가뒀다는 가정입니다. 내 고발 작전, 혹은 묘원이의 존재를 알아챈 아버지가 나를 격리시킨 거죠. 서라가 병들어 죽어 가는 과정을 봤던 아버지라면, 게다가 자신이 만들어 낸 복제 인간마저 병들어 죽는 것을 보았다면, 이번만큼은 뭔가 바꾸고 싶을 것입니다. 이번 복제도 실패라면 실패한 작품을 빨리 폐기하는 게 답이라고 생각했을 수도 있죠. 그게 아니라면 무슨 짓을 해서라도 치료법을 찾아내려고 할 테고요.

어쨌든 아버지가 날 살리지 못한다면 그다음 서라가 만들어질 것도 뻔했습니다.

다시 침대에 누웠습니다. 이제 내 몸은 어떻게 될까요? 내 정신은 아버지에게 아무 의미가 없는 걸까요? 나는 다음 서라를 위한 연구 대상으로 이곳에 누워 있는 걸까요? 다음 서라는 건강하고 안전할 수 있을까요? 드라마처럼 보이지만, 이것은 나의 현실입니다.

"일 년에 한 번, 겨울이 오면 카이와 게르다를 너에게 보내 주마."

천장을 보며 『눈의 여왕』 이야기를 중얼거렸습니다.

"눈의 아이야."

혼자 누워 이야기하는 것은 재미가 없습니다. 이야기는 누군가가 들어 줘야 하는 것이었어요.

"눈의 아이는……."

눈의 아이는 아주 외로웠군요. 나는 알 수 있었습니다. 외롭고 쓸쓸해서 심장이 간지러운 느낌마저 들었습니다. 병든 나무에서 마른 이파리가 툭툭 떨어지는 장면이 떠올랐습니다. 곧 그게 나의 '기분'이라는 걸 알았습니다. 나는 말라 비틀어져 스러져 가는 중입니다. 하지만 이대로 모든 것을 포기하고 싶지는 않습니다. 단 한 번도 이런 마지막을 상상해 보지 않았어요.

이상하고 외로운 기분에 빠져서 눈만 껌뻑이고 있었는데, 순간 이런 기분이 너무 익숙하게 느껴졌습니다. 어디서 본 것 같은 장면이라고 할까요. 너무 외롭다고, 죽은 나무의 기분이라고 생각한 것까지 전에 있었던 일처럼 선명한 기시감이 들었습니다. 첫 번째 복제 인간의 기억일까요? 아니면 진짜 서라의 기억일까요? 그 아이들도 여기에 누워 있었던 걸까요?

무한한 어둠 속에 있는 것처럼 눈앞이 깜깜해졌습니다. 이 어둠이 영원히 지속될까 봐 겁이 났습니다. 나는 밝은 빛으로 가득한 세상 속의 나를 한 번도 제대로 마주하지 못하고 암전될 것 같았어요. 이대로 내 존재가 새까맣게 타들어 가 무한한 우주 속 티끌 같은 점이 되어 버리면 아무도 나를 발견하지 못하겠지요. 뜨겁게 눈물이 차오르는 것이 느껴졌습니다.

그때 문밖에서 무언가가 굴러오는 소리가 들렸습니다. 날카로운 쇠로 된 물건이 가볍게 타당타당 흔들리며 구르는 소리였습니다. 사람의 발소리인가? 하는 순간 문이 열리며 세 사람이 들어왔습니다.

"윤서라 님, 불편한 곳은 없으신가요?"

의사 혹은 간호사로 보이는 분이 물어봤습니다. 순간 모든 사고가 멈추고, 목구멍이 탁 막힌 듯 목소리가 나오지 않았습니다.

"괜찮아요. 여기는 경찰 병원입니다."

아버지의 연구실도 아니고, 복제 인간을 처리하려는 연구소나 회사도 아니고요?

"제가⋯⋯ 왜 여기 있는 거예요?"

그때 문 앞에 서서 상황을 지켜보던 파란 정장 차림의 여자분이 대답했습니다.

"서라 학생이 치료를 받지 못하고 있다는 신고가 있었어요."

"아버지는 어디, 아버지를 불러 주세요."

그분은 잠시 나를 바라보다가 말했습니다.

"아버님은 지금 경찰 조사를 받고 있습니다."

"네? 왜요?"

의료진은 기계를 확인하고, 몇 가지 수치를 적더니 내 몸에 연결된 줄을 떼어 냈습니다.

"정신을 차린 지 얼마나 된 것 같아요?"

"십 분? 이십 분?"

"어지럽다거나 호흡이 힘들다거나 하는 증상이 있나요?"

"조금……. 아니, 제가 왜 여기에 있는 거예요?"

"건강 상태부터 확인하고요. 나머지 일에 대해서는 검사님이 말씀해 주실 거예요."

의료진은 몇 가지를 더 확인하더니 먼저 방에서 나갔습니다. 파란 정장 차림의 여자분이 침대 끝에 걸터앉았습니다.

"많이 놀랄 만한 이야기예요. 하지만 서라 학생이 원했던 결말일 수도 있으니 반드시 들어야 하는 이야기입니다."

나는 홀린 듯 고개를 끄덕였습니다.

"나는 서간검찰청 형사3부 소속의 검사 일마입니다. 혹시 이야기 중에 힘들면 바로 말해 주세요. 나는 서라 학생의 몸 상태에 대해 잘 모르니 아주 작은 증상이라도 말해 주면 좋겠어요. 아까 그 의료진들이 밖에서 대기하고 있으니 걱정하지 말고요."

검사님의 목소리는 다정하고도 단단했어요.

"오늘은 초기 조사를 위한 인터뷰 차원에서 왔어요. 앞으로 나, 그리고 사무국의 복지 담당 선생님이 서라 학생을 전담할 거예요. 인터뷰라고는 하지만, 서라 학생의 상황을 파악하기 위해 온 거라고 생각해 주길 바라요."

"네."

"대부분은 아버지와 서라 학생에 관한 질문일 거예요. 무엇이든 솔직하게 대답해 주면 되는데, 어려울 땐 멈춰 가도 괜찮아요."

고개를 끄덕이는데, 검사님과 비슷한 차림을 한 사람이 문을 열고 들어와 의자 하나를 놓고 나갔습니다. 검사님은 침대 가까이에 의자를 펴서 자리를 옮긴 뒤 가방에서 코스모폰을 꺼냈습니다.

"평소 아버지에 대해 말해 줄래요?"

"아버지는……."

다정한 검사님의 목소리에 조금 안심이 되었지만, 여전히 목에 올가미가 단단하게 걸려 있는 듯 목소리가 나오지 않았습니다.

검사님이 가방에서 물병을 꺼내 건넸습니다. 물병을 받아 들긴 했지만, 어떤 것도 목구멍으로 넘어갈 것 같진 않았어요.

"아버지,는…… 아버지는 제약 회사에서 일하세요. 매일같이 출근하고 퇴근하는 일상이었고요. 제가 자꾸 아파서, 제 병에 관한 연구를 하신 걸로 알고 있어요."

"서라 학생은 언제부터 아팠어요?"

"그게, 두세 달 정도? 하지만 잘 모르겠어요. 요즘엔 기억이 많이 오락가락하거든요."

"그래요."

"저, 제가 아픈 건 맞는데요. 아버지가 저를 방치했다고 생각하시면 안 돼요."

검사님은 아까와는 좀 다른 눈빛으로 내 이야기에 귀 기울였습니다.

"아버지는 제약 회사에 다니셔서 약을 구할 수 있었고요. 진짜 똑똑한 연구자고. 그래서, 그러니까, 집에서 저를 치료하려고 하셨거든요."

"아버지의 치료가 강압적으로 느껴지진 않았어요?"

"네. 분명 자연주의 치료를 할 거라고 말씀하셨고, 저는 동의했고요."

"하지만 아버지가 병원에 가자고 말하지도 않았죠?"

"네……."

"서라 학생은 그동안 무슨 약을 먹는지, 어떤 치료를 하는 건지 아버지로부터 설명을 들었나요?"

"아니요."

갑자기 눈물이 후두둑 떨어졌습니다. 내 존재를 밝히고 싶었습니다. 하지만 아버지의 잘못을 고발하고도 싶었어요.「파인딩」에 어머니를 찾고 싶다는 사연을 접수할 때까지는 그런 의도가 없었는지 몰라도요. 심부름 업체와 연락하고, 회색 행성의 가상 교실에 접속하고, 묘원이에게 모든 것을 말하는 동안 분명 아버지가 잘못했다는 생각을 하게 됐습니다. 나는 아버지에게 분노할 수 없는 것에 화가 났어요.

하지만 정작 이런 상황이 되고 나니 겁이 납니다. 아버지가 나 때문에 죄인이 되다니요.

"두려운 거 알아요. 원한다면 더 천천히 해도 되지만, 내가 서라 학생의 상황을 정확히 알수록 아버지를 이해할 수도 있을 것 같아요."

"맞아요. 검사님 말이 맞아요. 그러니까 아버지는 지금 구속된 건가요? 나를 학대했기 때문에요?"

어느새 내 얼굴은 눈물로 뒤덮여 있었습니다. 뜨거운 눈물이 마구 쏟아져 얼굴에 하나의 막을 쓰고 있는 것처럼 느껴졌습니다.

"맞아요. 아버님은 서라 학생에 대한 아동 학대 정황으로 구속되었어요. 하지만 그뿐만은 아니고, 복제 인간 제작에 관련된 혐의나 제약 회사의 약물을 빼돌린 혐의 등이 추가로 붙었고요."

그동안 아버지는 나를 살리기 위해 약을 훔치고, 불법인 줄 알면서도 주사제를 투약한 것입니다. 나는 알고 있으면서도 모르고 싶었던, 어떤 문 앞에 서 있는 기분이었습니다.

"서라 학생의 진술에 따라 죄목은 더 추가될 수 있어요. 예를 들어, 의사 면허가 없는 아버님이 서라 학생에게 직접 시술을 했다면 의료법 29조를 위반한 건이 되고요. 그런 식으로 조사가 이어질 거예요."

"어떻게 해야 맞는 거예요?"

"아버지의 죄를 밝히는 건 잘못된 일이 아니에요. 서라 학생이 아버지를 나쁜 사람으로 만드는 게 아니라는 걸 꼭 알아 두길 바라요."

"하지만 아버지는 나쁜 사람인 거죠?"

"법을 위반했다는 점에서 법원에서는 나쁜 사람이겠지만, 서라에게 아버지가 어떤 사람이었는지는 다를 수 있어요."

혼란스러웠습니다. 내가 한 선택에 대해서 책임을 져야 한다는 건 알고 있었지만……. 일이 어떻게 풀릴지 미리 알고 있었던 것은 아니었어요.

그때 검사님이 코스모폰을 건네주었습니다. 내 코스모폰이었습니다.

"서라 학생 거예요. 앞으로 마주해야 할 현실은 여기에 있어요. 아까 의자를 들고 왔던 사람 봤어요?"

"네."

"그분이 사무국의 복지 담당 선생님이에요. 복지사 외에도 사건 진행 상황에 따라 전문 상담가가 서라 학생의 결정에 도움을 줄 거예요. 하지만 언제나 중요한 건 서라 학생이 마주한 현실과 스스로 선택하고 판단한 것들이에요."

코스모폰 커버를 열어 보니 검사님의 명함이 끼워져 있었습니다. 코스모폰의 전원을 켜서 무언가 확인해 볼 용기는 나지 않았습니다.

검사님은 자신의 코스모폰을 열어 화면을 켰습니다.

"이것부터 보는 게 좋겠어요. 우리가 서라 학생의 상황을 어떻게 알게 되었는지, 이것만큼 잘 설명할 수 있는 게 없거든요."

화면에 떠 있는 것은 기사였습니다. 기사 제목은 '화제의 새 프로그램 「파인딩」의 사람들을 만나다'였습니다.

화이트레터스 하반기 특별 취재

화제의 새 프로그램 「파인딩」의 사람들을 만나다

1화: 엄마를 찾는 소녀와 친구

- 회색 행성 출신 강묘원 씨와의 인터뷰
- 실종된 어머니, 아버지와 단둘이 사는 소녀의 사연
- 아동 학대가 의심되는 상황

묘원이가 언론사와 인터뷰를 한 모양이었습니다. 내가 「파인딩」에 사연을 보내고도 직접 출연하지 못했던 건 단순히 아파서가 아니라, 외출을 할 수 없어서라고 묘원이가 말해 버린 것입니다.

강 저와 서라는 넷으로 대화한 게 다입니다. 대화할 때마다 서라는 아버지가 퇴근하는 시간을 확인했어요. 몇 번이고요. 아버지에게는 비밀로 하고 「파인딩」에 사연을 접수했고요. 물론 여러 가지 이유가 있었겠죠. 하지만 제가 느낄 수 있는 건 보통의 가족 사이에 흐를 것 같지 않은 긴장감이었어요. 아버지와 대화할 때 목소리가 떨리고 겁을 먹은 듯한 게 느껴졌어요.

기자 아동 학대라고 말씀하고 싶으신 건가요?

강 저는 백역의 생활에 대해서도 잘 모르고, 서라네 집안 사정은 더더욱 모르지만, 이상하지 않나요? 적어도 병원에 가서 치료를 받게 해야 하지 않나? 그런 생각이 들었어요.

기자 오늘 저희와의 인터뷰에 응해 주신 이유도 서라 양의 상황에 대해 알리고 싶어서라고요.

강 네. 도와주세요. 저는 시니니 뭐니 잘 모르겠고요. 열다섯 살짜리 아이가 집에만 처박혀 제대로 치료받지도 못하는 게 이해가 안 돼요. 잘 나아서 엄마를 만나야 하잖아요.

온 세상에 아버지가 나쁜 사람으로 알려지는 기사나 다름이 없는데, 이상하게 자꾸 웃음이 나왔습니다. 이렇게나 대책 없이 용감하고 제멋대로인 아이라니. 묘원이는 어쩌면 용감한 게 아니라 대책 없이 위험한 아이였던 걸지도 모릅니다. 내가 몰랐던 묘원이의 모습에 가슴이 간질거렸습니다.

"묘원이는 제가 복제 인간이라는 사실을 밝히지 않았군요."

"그저 서라 학생이 위험한 상황이라는 것을 알렸을 뿐이죠."

고개를 들어 검사님 얼굴을 보니, 옅은 웃음을 띠고 있었습니다.

"그럼 제가 복제 인간이라는 사실은 어떻게 아신 거예요?"

"복지국에서 아동 학대를 확인하기 위해 가정 방문을 했는데, 의식이 없는 서라 학생을 발견했어요. 서라 학생을 병원으로 이송하려고 하는데 아버님의 반응이 심상치 않았죠. 취조실에 들어가서도 한참이 걸렸어요. 집에서 발견한 아버님의 연구 자료와 아버님의 자백으로 알게 되었어요."

"묘원이는 어떻게 되었나요?"

"회색 행성으로 돌아간 것으로 알고 있습니다."

"이런 엄청난 일을 저질러 놓고요?"

웃음이 나왔습니다.

"시니인들의 세상에서 서라가 복제 인간이라는 게 알려지면 얼마나 위험할지, 묘원 학생은 알았던 거예요."

"푸하하하!"

정말 오랜만에 큰 소리로 웃어 버렸습니다. 내가 찾아낸 '강묘원'이라는 이상한 세계의 힘이었습니다.

"아버지의 의뢰로 실질적인 복제 실험이 이뤄진 회사를 찾았어요. 서라 학생 말고도 복제 의술을 경험한 사람들이 더 있을지도 몰라요."

"저랑 비슷한 복제 인간이 있을 수도 있다는 건가요?"

“거기까진 아직 모르지만요.”

모든 일이 순식간에 일어났습니다. 나는 며칠 만에 깨어났고, 그사이 아버지와 나, 그리고 아사와 내 주변 세계의 모든 것이 바뀌었습니다. 그런데도 무섭기보다는 잃었던 시력을 찾은 사람처럼 모든 것이 선명하게 느껴졌습니다.

“경찰 조사가 끝나면 아버지는 어떻게 되나요?”

“재판을 통해 처벌을 받게 되겠죠.”

“그 전에 아버지를 볼 수 있을까요?”

“그럼요. 원하는 때에 만날 수는 없겠지만, 분명 몇 번 기회가 있을 거예요.”

검사님은 무슨 생각을 하고 있을까요? 내가 복제 인간인 걸 알고도 아무렇지 않은 걸까요? 복제 인간이라도 열다섯 살 학생이고, 보호 대상이어서요? 내가 안타깝기도 할까요? 다정한 목소리에서 검사님의 마음을 느낀 것도 같았는데 말이죠.

“제가 건강해질 수도 있나요?”

검사님이 선명하게 웃어 보이며 고개를 끄덕였습니다.

“경찰 병원에서 치료할 수 있다니까 이제 안심해도 돼요.”

내가 살 수 있다는 안도감과 함께 이제 나는 어디로 가게 되는 것인지 궁금해졌습니다. 나는 아버지도 어머니도 없는 고아가 되었으니까요.

“저는 이제 어떻게 되나요? 치료가 끝나면 집으로 돌아가는 건지, 아! 치료 비용은 어떻게 해야 하는지……."

"천천히 생각해요. 아무도 서라 학생을 이대로 병원에서 쫓아내지 않아요."

검사님이 내 손등을 톡톡 두드렸습니다. 그제야 손에 힘이 들어가 있었다는 걸 알았어요.

"어머님을 찾기 전까지는 고모님이 데리고 있겠다고 하셨어요. 며칠 내로 만나 볼 수 있을 거예요."

고모는 일찍이 백역을 떠난 것으로 알고 있었는데, 어떻게 된 걸까요?

그때 다시 철문이 열리며 복지 담당 선생님이라고 했던 분이 들어와서 손짓으로 무언가를 말했습니다. 검사님이 고개를 끄덕이자 복지 선생님이 제 물건이 담긴 바구니를 가져오셨습니다.

"다른 사람 생각은 하지 마세요. 이제 서라만 생각하는 거예요."

아무것도 들리지 않는 것처럼 느껴졌습니다. 지금 묘원이는 어디에 있을까요? 회색 행성으로 돌아가는 우주선 안일까요? 아니면 이미 회색 행성에 도착했을까요? 어머니에게도 아버지에게도 미안하지만, 묘원이 생각이 먼저였습니다. 코스모폰을 살펴봐야 합니다. 심부름 센터에서 연락이 왔을 수도 있고, 그게 아니면…… 아버지의 마지막 메시지가 남아 있을 수도 있습니다.

코스모폰을 켜자마자 심부름 센터의 메시지 알림이 떴습니다.

백역을 투어 중인 묘원의 사진이 첨부되어 있었습니다. 「파인딩」 프로그램의 다른 사연자들로 보이는 사람들과 웃고 있었어요. 묘원이는 내가 전학 간 첫날처럼 보라색 티셔츠를 입고 있었습니다. 활짝 웃는 모습이 너무 보기 좋았습니다. 묘원이는 백역이 마음에 들었을까요?

“어머니를 찾을 수 있을까요?”

“실종 전담팀이 호란 씨의 생활 반응을 좇는 중이에요.”

“저는 언제까지 이곳에 있게 되나요?”

“일단은 치료가 우선이니까요. 몇 가지 검사가 남아 있다고 했는데, 치료 일정은 이따가 알아보고 알려 줄게요.”

내 짐을 정리해 주고 검사님 옆에 서 있던 복지 선생님이 말했습니다. 이어서 검사님이 말했습니다.

“이번 사건이 단순한 아동청소년 사건이나 가정 사건이 아니기 때문에 경찰이나 검찰 쪽의 입장이 정리되어야 해요. 사건과 관련해서 보도는 어떻게 할지, 예를 들어 ‘복제 인간’에 관한 부분을 어디까지 밝혀야 할지 정한 뒤에야 서라 학생을 일반 병실로 옮길 수 있을 것 같아요. 사건 조사가 어느 정도 진전되기 전까지는 다른 사람들과 접촉하지 않아야 좋을 거라는 게 우리 입장이에요.”

영원히 혼자 이곳에 있을 것 같은 기분이 들었습니다. 나를 돕는 사람들이 이렇게 많다는 걸 알면서도요.

"물론 고모님이나 친구들은 우리를 통해 만날 수 있을 거예요. 여기에 갇혀 있으라는 뜻은 아니에요."

검사님이 내 마음을 읽은 것처럼 덧붙였습니다.

점점 나빠지기만 하는 줄 알았던 내 병이 치료 가능한 병이라고 합니다. 아사가 얼마나 기뻐할까요? 엄마를 같이 만날 수 있으면 얼마나 좋을까요? 어머니가 보고 싶은지 몰랐는데, 병이 나을 수 있다는 말에 나는 곧장 어머니를 만나는 상상을 했습니다. 같이 퇴원하는 길에 내가 좋아하는 도넛 가게에 가는 구체적인 상상도 해 보게 되었어요.

"검사님, 일단 오늘은 여기까지 하시는 게 어떨까요? 상담사는 내일 중으로 배치된다고 하네요."

검사님은 고개를 끄덕이더니 가방을 챙겨 의자에서 일어났습니다.

"혹시 궁금한 게 있나요? 부탁할 게 있다든가, 뭐든 괜찮아요."

"저는……."

잠시 고민하다 검사님의 얼굴을 똑바로 바라보았습니다. 검사님은 반짝거리는 눈으로 나를 바라봐 주었습니다. 어떤 오해도 판단도 없이, 있는 그대로의 나를 이해하겠다는 눈빛이었습니다. 아, 이런 얼굴을 할 수 있는 어른이 되면 좋겠다! 생각했습니다.

"저는 아버지를 사랑한다고, 아버지가 나를 살리고 싶어 했다는 걸 잘 안다고 전해 주세요."

검사님이 웃으며 고개를 끄덕였습니다.

"그래요. 꼭 전해 줄게요."

나는 아버지를 이해합니다. 딸을 잃었고, 그 후엔 아내를 잃었고, 그렇게 가정을 잃어버린 사람의 간절함을, 이해하고 싶지 않았지만, 이해하게 되었습니다.

나는 아버지를 미워하지 않을 것입니다. 지금은 미워해도 영원히 미워할 수는 없을 거예요. 나중에 만나게 되면 어떤 말을 먼저 하게 될지 모르겠지만, 당신을 미워하지 않는다는 말은 분명히 하고 싶어요. 나는 아버지가 자랑스러울 때가 많았습니다. 그것을 꼭 말해 주고 싶습니다.

그 전에 엄마가 나타나 주었으면 좋겠습니다. 엄마와 함께 아버지를 만나면 더 좋을 것 같습니다. 항상 아무렇지 않은 척 마음을 숨겼지만, 엄마에게도 아버지에게도 궁금한 게 많습니다. 두 사람이 만나게 된 순간과 나를 만나게 된 순간까지요. 엄마 자궁에서 나온 갓난아기 서라의 기억을 가지고 싶습니다. 엄마 품에 잠들어 새근새근 숨 쉬던 순간까지 기억해 내고 싶습니다. 그게 내가 아니더라도 괜찮아요. 서라의 기억을 내가 모두 가지고, 남은 날들을 '나'로 살아가고 싶어요.

신이여! 내내 나를 지켜보고 계셨다면, 지금 나의 기도도 들어주세요. 내가 완전히 나아서 친구들 곁으로 돌아가게 해 주세요. 엄마를 만나게 해 주세요. 웃는 얼굴이든 무서운 얼굴이든 괜찮으니, 내가 기억하는 엄마의 살결을 만져 볼 기회를 주세요. 맛있는 도넛을 함께 먹을 기회도 주세요. 그리고 언젠가 아버지를 만나러 갔을 때, 우리가 서로에게 아무것도 숨기지 않고 솔직하게 울고 웃을 수 있게 해 주세요. 무엇보다도 눈 내리는 거리를 함께 걸을 가족이 생길 거라고 약속해 주세요. 계속 내 곁에 누군가가 있을 거라고요.

나는 하얀 겨울의 꿈을 꿀 거예요. 카이와 게르다처럼 손을 잡고 걸을 친구가 있고요, 할머니의 집처럼 돌아갈 곳이 생길 거예요. 그리고, 그리고……. 나는 카이와 게르다를 만나러 길을 떠나는 눈의 여왕의 여정을 상상합니다. 나는 눈의 여왕의 여행길을 지켜보는 꿈을 꿀 겁니다. 이 병실에서 나가면 묘원이와 새로운 친구들이 있는 교실을 향해 걸어갈 거예요. 아무에게도 들키지 않을 새로운 마법 포털을 만들어야 할지도요. 그때도 나를 도와주는 누군가가 있을 겁니다. 내가 만든 플랜 A는 보이지 않는 미래를 믿는 일에서 시작됩니다.

미래는 아무것도 쓰여 있지 않은 것입니다. 그러니 미래는 가장 하얀 것으로 정의할 수 있을지도 모릅니다. 가장 하얗고, 아름답고, 멋있고, 귀한 것이 될 수도 있어요. 용감하고, 다정하고, 똑똑한 아이가 하얀 세상에서 벌인 일처럼요.

회색 무지개 너머

강묘원

강묘원, 동인수, 은재은. 세 명의 '묘묘구조대'는 처음으로 고양이가 아닌 것을 구할지도 모른다는 생각을 했다. 우리는 사 년 전쯤, 부모님들의 취미인 사막 캠핑을 따라다니다가 묘묘구조대를 결성했다. 고양이들이 모래 구덩이에서 빠져나오지 못해 굶어 죽는 것을 막는 일이었는데, 실제로 구덩이에서 고양이를 발견한 적은 없었다. 가끔 가래야 새끼들이 꼬물거리고 있는 둥지를 발견했을 뿐이다. 우리는 고양이들이 언제나 우리보다 지혜롭다는 것을 배웠다.

사막에서는 해가 지는 시간이 길게 느껴졌다. 해가 지평선으로 떨어지려고 세상을 붉게 물들이면, 땅은 점점 더 낮은 곳으로 멀어지는 것 같았다. 그러다 어느 순간 해는 땅속으로 쑥 들어가듯 사라지고, 짙은 밤이 펼쳐졌다. 까만 밤하늘은 멋있기도 했지만 무섭기도 했다. 밤을 향해 카메라를 꺼내 들면 까만 우주가 너무나도 넓어서 그대로 온 세상을 집어삼킬 것 같았다.

언젠가 별 사진을 찍어 올리는 커뮤니티에서 누군가가 남긴 댓글이 떠올랐다.

"이 광활한 우주 가운데 한 번뿐인 삶을 살아가고 있는 우리가 경이롭다."

엄청나게 멋진 글도 아니었는데, 갑자기 눈물이 쏟아졌다. 삶이 더 이상 아름답고, 설레고, 경이로운 것이 아니라 무섭고 두렵게 느껴져서 그랬던 것 같다. 죽음을 떠올린 건 아니었다. 다만 인생의 마지막 순간이 왔을 때, 나는 순순히 인정하고 받아들일 수 있을까? 하는 질문에 고개를 끄덕일 수 없을 것 같았다. 그 순간까지 내가 무엇을 하며 살아야 할지, 이 삶을 무엇으로 채워 가야 할지 모르겠어서 막막해졌다. 무한한 어둠 속에서 아주 작고 유한한 나를 자각하면 광활한 우주 한가운데 나 홀로 있는 것처럼 두려워졌다. 왈칵 울어버리고 싶었다. 분명 내 옆에는 부모님도, 친구들도 있는데 말이다.

서라는 그런 어둠 속에서 아버지를 걱정하고, 어머니를 그리워하고, 아사에게 미안해하고 있는 것일지도 모른다.

*

"어? 가레야 새끼 아니야?"

"가레야가 있어?"

심부름을 마치고 집으로 돌아가는 길, 혼자서 선인장 사이를 뛰어다니는 새끼 가레야를 보니 서라가 떠올랐다. 인수와 재은이에게 서라 이야기를 해야 했다. 서라에게 「파인딩」에 나가겠다고는 했지만, 깊이 생각하고 결정한 일은 아니었다. 서라의 상황에 감정적으로 동요되었던 것은 사실이다. 그래서 친구들이나 부모님에게 어떻게 말해야 할지까지는 생각해 보지 않았다.

"있잖아, 나 좀 진지하게 할 이야기가 있는데."

"뭔데."

서라와 표본실에서 나눴던 대화를 한 번에 다 설명할 수는 없었다. 다만 서라가 많이 아프고, 엄마를 찾고 있고, 그래서 내가 대신해서 「파인딩」에 출연해 주기로 했다는 것, 그리고 서라는 지금 백역에서 우리 교실에 접속하고 있다는 것까지만 이야기했다.

"완전 영화네."

가만히 듣고 있던 인수가 말했다. 재은이는 알 수 없는 표정을 지었는데, 그 입에서 무슨 말이 나올지 두려워 나는 고개를 푹 숙이고 말았다.

"어떻게 백역에 갈 건데?"

"그게 문제야. 백역으로 가는 티켓은 방송국에서 주겠지만, 집에 뭐라고 설명해야 될지 모르겠어."

그 뒤로도 한참을 아무 말도 하지 않던 재은이는 버스가 동네에 다 도착해서야 입을 열었다.

"오늘 같은 날이야말로 아지트에 가야 되지 않겠어?"

인수와 나는 순간 눈을 맞추고, 장난스러운 얼굴이 되어서 재은이를 따라 버스에서 내렸다. 큰 집으로 향하는 동안 헬멧 이어폰으로 점점 흥분하는 인수와 재은이의 목소리가 들렸다.

큰 집 대문을 열었을 때, 마른 식물이 가득 자란 마당의 모습은 저번과 똑같았다. 새로 생긴 물건이나 사람의 흔적은 보이지 않았다. 다행히 우리가 애용하던 부엌 뒷문은 여전히 열려 있었다. 우리는 방 안쪽으로 더 들어가지 않고, 부엌 근처에 옹기종기 모여 앉았다. 날씨가 좋아 집 안에서는 헬멧을 벗어도 될 것 같았다.

"오늘 정도만 돼도 괜찮을 듯."

"그러니까. 공기청정기 틀어 둔 것도 아닌데 되게 쾌적해."

"그런데 저기 팬은 돌고 있는데?"

맞은편의 유리문 너머에서 실외기 돌아가는 소리가 들렸다.

"그런데 서라는 어떻게 우리 학교에 접속할 수 있었던 거지?"

인수가 유리문 쪽으로 향하며 물었다.

"심부름 업체에 의뢰한 것 같던데."

"뭐 그쪽에서 접속할 수 있는 게이트만 있으면 쉽게 건너올 수 있을지도? 아니면 회색 행성의 IP를 우회해서 이용하거나…….”

“하지만 주민 ID도 있어야 하잖아.”

“그런 거야말로 만들어 내기 쉬운 정보니까.”

나는 생각하지도 못했던 것들을 척척 풀어 내는 재은이를 보며 놀랐다.

“너 언제부터 그렇게 컴퓨터에 대해서 잘 알았어?”

“나 컴퓨터 좋아해.”

순간 속상한 마음이 들었다. 우리가 예전처럼 매일같이 직접 얼굴을 보고, 서로의 집에 놀러 가서 함께 시간을 보냈더라면 진작 알았을 친구의 모습을 지금은 알지 못하고 있는 것 같았기 때문이었다. 내 평생을 함께한 친구들이었다. 무엇을 좋아하고, 어떤 일을 잘하고, 어떤 꿈을 꾸는지 내가 가장 잘 알고 있어야 했다.

그러나 이 세계의 우리는 모니터 속의 친구가 전부인 순간들이 생겨 버렸다. 재은이가 교실에서 가면을 쓰기 때문이 아니라, 인수가 밤새 로봇 장난감을 조립해서가 아니라 우리가 마주하는 시간이 터무니없이 줄었기 때문이다. 가끔 날씨가 좋을 때, 대기가 좋아서 외출이 가능할 때, 시간이 맞을 때, 부모님 눈치를 보지 않아도 될 때……. 우리는 서로의 사정에 맞춰 겨우 우정을 이어 가고 있는 것처럼 느껴졌다.

“언제부터?”

내가 서운한 듯 다시 되물었을 때, 재은이가 머쓱하게 웃어 보였다. 그리고 내 오른쪽 팔을 쓰다듬으며 말했다.

"서라 얘기 좀 더 해 봐. 우리는 언제든 이야기할 수 있는 사이지만, 서라는 아니잖아. 서라가 표본실은 어떻게 알게 된 거야?"

"애들이 접속하지 않는 곳을 물어봤어. 조용히 얘기하고 싶다면서."

"그럼 표본실은 네가 알려 준 거고."

재은이가 방바닥에 무언가를 그리는 것처럼 손가락을 움직였다. 학교에 있는 공간들을 작은 소리로 읊조리기도 했다.

"아! 서라가 뒷동에 아는 사람이 있다던데?"

"뒷동? 학교 2동 말하는 거지?"

인수는 그제야 구미가 당기는 듯 내 쪽으로 가까이 다가왔다.

"거기 3학년 교실이 있던가?"

"그치. 교무실도 있고."

"선배 중에 아는 사람이 있다는 거야?"

"아니, 그런 건 아닌 것 같고. 쉬는 시간마다 3학년 교무실에 다녀오는 것 같았어."

그때 재은이가 눈을 반짝였다.

"백역에서 접속하고 있는 거라면 그 교무실이 접속 지점일 수도 있겠다."

"그게 무슨 말이야? 그냥 IP만 속이면 되는 거 아니야?"

"그게 회색 행성이랑 백역이랑은 네트워크가 아예 달라서 일종의 이동 포털이 필요할 거야. 게이트 스폿. 예를 들면 블랙홀 같은 건데, 게이트 스폿을 이용하면 완전히 다른 네트워크 공간으로 점핑을 할 수 있는 거지. 그게 아니라면……. 최초 IP 위치를 들키지 않기 위해서 혼란을 주려는 걸 수도 있고."

"오오오, 은재은 좀 멋있다."

인수가 이상한 소리를 내며 재은이를 칭찬했다.

그 후로도 네트워크니 게이트니 하는 이야기를 한참 하고 나서야 우리는 백역행 작전을 짜기 위해 아지트에 왔다는 것을 생각해 냈다.

"어떤 핑계를 대도 결국 거짓말을 하는 셈이니까 솔직하게 말하지?"

인수가 심드렁하게 말했다.

"야. 퍽이나 알았다고 해 주겠다."

"안 된다고 해도 할 말은 없지. 그래도 우리가 도와줄게. 얘기하는 거."

"무서워. 좀 짜증 나기도 하고."

"뭐가?"

재은이가 물었다.

"그냥 무조건 안 된다고만 할 엄마 아빠? 그리고 나더러 진짜 생각 없다면서 옆에서 더 난리 날 오빠 언니들. 으, 상상만 해도 피곤하지 않냐?"

“하지만 속인다고 될 일도 아니지. 거짓말하고 갔다가 너한테 무슨 일이라도 생기면 누가 책임지냐?”

“일단 막내언니 핑계를 대 볼까 하는데. 별로야?”

“제일 무난하긴 한데, 학기 중에 무슨 핑계를 대고 갈 참이냐는 거지.”

“괜찮아! 출발하는 날짜는 주말이더라고.”

“일단 떠나고 보겠다는 거네.”

인수가 비꼬듯이 웃으면서 말했다. 이내 인수도 재은이도 별수 없다는 듯이 다른 말은 더 하지 않았다.

“그런데.”

재은이가 입을 열었다. 그리고 내 얼굴을 똑바로 보며 진지한 얼굴로 말했다.

“우주로 가는 건 별일이 아닌 게 아니야. 우주 교통사고가 날 수도 있고, 새로운 행성에서 병에 걸리거나 범죄 사건에 휘말릴 수도 있어. 네가 아무리 좋은 일을 하기 위해 한 일이라고 해도 결과적으로 그런 일이 벌어지면 너희 엄마 아빠 가슴은 무너져.”

“…….”

“그건 알고 있으라고.”

재은이의 표정이 너무 진지해서 그저 고개를 끄덕일 수밖에 없었다.

“그런데 윤서라는 어디가 아픈데?”

인수가 다시 화제를 바꿨다.

“잘 모르겠어. 증상이 다양한데, 기침도 하고, 피부 발진도 있고. 아! 백역에서 피부병이 유행하고 있다더라.”

인수가 “그렇군.” 하고 가볍게 대답했다.

“거기도 예전처럼 깨끗하고 안전하지만은 않은가 봐.”

“나도 그런 얘기 들은 적 있어. 우리 친척 오빠가 백역에서 의대 다니잖아. 다들 소아과 아니면 피부과로 가려고 한다더라. 소아과 문이 터져 나간대.”

재은이의 말을 듣고 보니 몇 년 전 우리 행성이 떠올랐다.

“일리 있네. 우리 행성도 애기들이 먼저 아프기 시작했잖아.”

인수의 말에 재린이 생각이 났다. 재은이가 문득 슬픈 얼굴을 하고 있어서 더 생생하게 옛날 일이 떠올랐는지도 모른다.

*

「파인딩」 녹화를 마치고, 회색 행성으로 돌아온지 벌써 이 주가 지났다. 회색 행성에 도착해서 공항 대합실로 갔을 때 머쓱하게 웃고 있는 재은이와 인수 옆으로 식구들이 보였다. 부모님은 다음부턴 솔직하게 말하라는 한마디를 하셨을 뿐이었다. 오히려 공항에서 집으로 가는 내내 잔소리를 한 건 큰언니와 큰오빠였다.

내가 백역에 다녀오는 사이 우리 학교는 임시 방학을 했다. 갑자기 가상 교실 시스템에 문제가 생겨 점검 기간을 갖겠다고 한 것이 이 주간의 방학으로 길어졌다. 재은이는 서라의 접속을 도와준 심부름 업체를 의심했다. 서라의 흔적을 지우기 위해 학교 시스템 자체를 망가뜨렸다는 재은이의 음모론은 꽤 그럴듯했다.

백역에서 집으로 돌아오는 길에는 긴 잠을 잤다.

우주선에 올라 얼마 동안은 창밖을 보며 어린 시절의 바다를 떠올렸다. 떠날 때는 광활한 어둠처럼만 보였던 넓은 우주가 수많은 생물이 살아가는 너른 바다처럼 보였다. 어린 시절 피부가 쭈글쭈글해질 때까지 물놀이를 하고 나오면 시원한 뻴오이나 아이스크림을 먹으며 몸을 말렸다. 피부가 따끔거릴 때까지, 해가 다 져서 찬 바람이 불 때까지 굴섬 해수욕장의 모래사장에 앉아 있었다. 바닷소리를 듣고 있으면 마음이 평화로워졌다. 사막에서 밤하늘을 보고 있을 때와는 다르게 가슴 가득 무언가가 채워지는 시간이었다. 이 세상에는 수많은 생물이 살고 있고, 수많은 사람 속에서 나의 인생도 안녕하게 흘러가고 있는 느낌. 무수한 생물의 가짓수만큼이나 다양한 삶의 방식이 있으니 안도해도 된다는 말을 듣고 있는 것 같았다.

나는 그 시절 바닷가에서 들을 수 있었던 소리를 떠올리며 집으로 돌아오는 내내 기분 좋은 잠을 잤다.

"그 뒤로 서라 연락은 없었지?"

학교 시스템이 복구되었다는 메시지를 받자마자 인수와 재은이는 전화를 걸었다.

"응. 일단 학교에서 만날 방법이 없으니까."

그때 재은이가 컴퓨터 화면을 공유했다.

"내가 이런 걸 또 찾아냈지."

재은이가 보여 준 건 화이트레터스 홈페이지에 올라온 내 인터뷰 기사였다.

"기자랑 인터뷰한 건 신의 한 수였다."

"와! 기사로 어떻게 나왔을지 진짜 궁금했는데! 은재은 진짜 장난 아니다."

"이 정도쯤이야. 강묘원의 도전에 비하면 별거 아니지."

재은이의 칭찬에 기분이 좋아졌다.

"서라, 어떻게 됐을까?"

"어떻게든 구출되지 않았을까? 구조가 맞냐, 구출이 맞냐?"

"아무튼, 어떻게든 좋은 쪽으로 해결됐을 거야."

어떻게든 좋은 쪽. 해결. 구출. 모두 좋은 말처럼 보였다.

상상할 수 있는 세계가 있다는 건 참 좋은 일이었다. 그리고 내 상상과 다른 현실을 마주하게 된다 해도 그게 꼭 나쁜 것은 아니었다. 모든 일은 단순히 점 하나를 찍듯 끝나지 않고, 다른 기회 혹은 다른 선택으로 이어지는 것이니까. 상상은 더 좋은 상상이 될 수도 있다.

그때 재은이가 말했다.

"우리, 학교 개학하면 뒷동 가 볼래?"

영상통화 화면을 켜 놓은 채 로봇 조립에 빠져 있던 인수가 고개를 번쩍 들었다.

"저번에 강묘원이 뒷동 교무실이랑 표본실 얘기했었잖아. 거기 가서 확인 좀 해 보고 싶어."

"포털인가 뭔가 하는 거?"

"응응. 게이트 스폿."

"그런데 학교 시스템 완전 박살 났었잖아. 흔적이 남아 있겠어? 네 말대로라면 심부름 센터에서 그런 흔적부터 없앴을 거 아냐."

"혹시 모르니까 남아 있는 게 있나 보자는 거지!"

"뭐, 나는 동의!"

내가 신난 목소리로 대답하자 인수는 문제라는 듯 혀를 끌끌 찼고, 재은이는 더 신이 나서 자기가 계획한 작전을 설명했다.

"나 이번 방학 동안 굴섬에 다녀왔었어. 이거 재료 구하러."

인수가 지금 조립하고 있는 로봇을 보여 주면서 말했다.

"굴섬에 그런 데가 있어?"

"저번에 묘원이네 심부름 갔던 데 기억함? 굴섬 어항 수산물 직판장 건물. 거기에 메카 피규어 파는 분 있다고 들은 적 있댔잖아. 그 가게 찾으러 다녀왔었어."

"있었어?"

"응. 거기 사장님은 못 봤고, 알바하시는 분이랑 얘기 좀 나눴지. 그분도 내가 장난감 거래하는 사이트 쓰시더라고. 그래서 서로 친구 맺기도 함."

"묘묘, 동인수 저거 완전 신났다."

"다음에 우리도 같이 가 보자."

내 제안에 재은이는 질린다는 듯이 고개를 가로저었다. 그때 인수가 갑자기 무언가가 생각났다는 듯이 "아!" 하고 소리쳤다.

"거기 진짜 맛있는 고기만둣집 있음!"

"고기만두?"

"어. 거기 꼭대기 층이 식당가더라고. 고기만둣집 사장님들이 쌍둥이인데 키 진짜 크더라. 고기만두도 우리가 알던 그 만두가 아니고 처음 보는 비주얼이고. 아마 사장님들이 다른 행성 출신인 듯. 그런데 이상하게 익숙한 맛이 나서 또 먹고 싶더라. 근처로는 배달도 하는 모양인데, 우리 동네까지는 안 된다고 하더라고. 가서 먹어야 해."

흥분한 인수가 랩을 하듯 말을 뱉어 내는 동안 나는 만두 맛을 상상했다. 본본이 건넸던 라깁만이 떠올랐다. 고향 음식도 아닌데, 그리운 느낌이 든다는 음식. 인수가 먹어 봤다는 만두가 그런 느낌일 것 같았다. 게다가 사장님들이 쌍둥이라니, 내가 직접 만둣집에 가서 확인해 봐야 한다. 본본의 형들이라면 단번에 알아볼 수 있을 것이다.

"할 일 진짜 많네, 우리."

"어. 학교에서 게이트 어쩌고도 찾아야 되고, 굴섬에 만두도 먹으러 가야 되고."

"서라도 다시 만나면 좋겠다."

"서라 찾으려고 게이트 스폿 찾으러 가는 건데 뭔 소리야. 당연히 만나야지."

무심하게 말하는 재은이가 멋있어 보였다.

"그런데 우리는 언제 만남? 강묘원 공항 들어왔을 때 봤으니까 좀 됐는데."

인수가 무심하게 툭 던졌을 때, 나는 지금을 놓치면 안 된다는 생각이 들었다.

우리가 계속해서 함께하기 위해서는 지금 당장의 순간들을 놓쳐서는 안 되고, 서로를 당연하게 여겨서는 안 된다. 만나면 언제나 그랬듯 나란히 걸어갈 우리지만, 서로의 눈앞에 놓인 길을 함께 확인하지 않으면 순식간에 다른 길로 흩어질지도 모른다. 모니터 속에서는 서로의 길을 확인해 줄 수 없다.

"당장 만나면 되지. 오늘 날씨 완전 좋잖아!"

내가 자리에서 벌떡 일어나며 외쳤다.

"뭐야. 쟤 왜 저래."

"몰라. 아무래도 백역에서 이상한 바이러스 감염돼서 온 듯."

"당장 만나! 보고 싶어!"

모니터 화면을 대기 상태로 바꾸고 카메라를 끈 채 옷을 갈아

입는데 재은이와 인수의 목소리가 들렸다.

“저거 말하는 게 엄청 징그러워졌네.”

“목소리가 묘하게 산뜻한 것도 열 받아.”

오늘부터는 새로운 모험에 도전할 것이다. 이번 모험의 키워드는 다정과 용기 같은 거창한 것이 아니다. 만나고 싶다,라는 순수한 욕망이 곧 주인공이 될 것이다.

우리는 지금 보이는 별이 아주 먼 옛날의 빛임을 알지만, 저기 별이 있음을 부정하지는 않는다. 보이는 게 실제로는 전혀 다른 것일 수 있다는 사실도 안다. 그렇기 때문에 우리는 보이지 않는 것도 믿을 수 있다. 믿기 때문에 앞으로 걸어 나갈 수 있다. 모래폭풍 속에서도, 까만 밤하늘 아래에서도, 멀고 먼 우주 어딘가에서도 우리는 누군가를 느낄 수 있다.

미래는 상상할 수 있기에 참 좋은 것이다.

작가의 말

나는 꽤 많은 시간 죄책감에 시달리며 자랐다. 뭔가 잘못한 게 있는 아이처럼 굳어 있었고, 사람들의 눈치를 봤다. 나는 원래 그런 아이인 줄 알았다. 나의 삶에 큰 구멍이 나 있다는 것을 알게 된 것은 성인이 되고도 꽤 시간이 흐른 뒤였다. 대학에 다니고, 회사 생활을 하는 동안에도 그 구멍은 메워지지 않았다. 그 구멍을 자꾸 들여다보게 되었다.

어느 날 정신을 차렸을 때, 나는 그 구멍 속에 있었다. 아주 깊은 심연 속에서 영혼을 잃어버리고 검은 얼룩이 되어 가는 기분이었다. 저 위에 출구가 있고, 내가 살아가야 하는 진짜 세상이 있다는 것도 잊어버린 채 말이다.

그러나 이야기는 거기서 끝이 아니다.

나는 어두운 구덩이 속에서 아주 반짝거리는 아이를 만났다. 보이지는 않고, 들리기만 하는 아이. 아이는 또랑또랑한 목소리로 무언가를 말했는데, 낯선 외국어처럼 의미를 알아들을 수는 없었다. 나는 그 목소리를 따라, 보이지 않는 아이의 모습을 꿈속에서 관찰했다.

아이는 앞장서서 걷거나 뛰어다녔다. 어떤 날은 잠자리채를 휘두르며, 어떤 날은 피아노 가방을 흔들면서, 그리고 또 어떤 날은 롤러스케이트를 신고 앞으로 나아가고 있었다. 아이 뒤에는 당연히 친구들이 있었다. 친구들이 아이를 앞지를 때도 있지만, 아이는 버려질까 봐 두려워하지 않았다. 나는 아이들의 뒷모습을 따라가며 나무가 얼마나 푸르러졌는지, 해가 얼마나 졌는지 관찰했다. 숨을 깊게 들이마시면 어떤 계절인지도 알 수 있었다.

그런 장면들이 꿈으로 끝나지 않았으면 했다. 꿈을 저장할 수 있는 장치가 있었으면 좋겠다는 생각으로 단편소설(「재생되는 소녀」, 『17일의 돌핀』, 앤드 2023)을 쓰기도 했다. 꿈을 저장해 두고 몇 번이고 돌려 볼 수 있다면 아이가 뭐라고 외치는지 알아들을 수 있을 것 같았다. 그러면 깊은 구덩이에서 빠져나갈 수 있을 것 같았다.

*

나는 묘원을 회색 행성에 살게 했다. '머지않은 미래'가 아니라

'지금 당장의 지구'가 너무나 회색빛이라고 여기저기 말하고 싶어서였다. 뿌연 하늘, 매캐한 공기, 이상한 날씨와 예쁘지 않은 풍경……. 해가 지날수록 기이하고 혹독한 여름은 영원히 끝나지 않을 것만 같았다. 하지만 나는, 여름을 헤치고 골목을 달려 하교하는 아이들을 봤고, 킥보드를 타다가 넘어진 친구를 보고 푸하하 웃는 아이들을 보았다. 작년 여름에도, 재작년 여름에도. 그런 풍경을 봤기 때문에 묘원과 재은, 인수가 탄생한 게 아닐까.

그들은 서로의 얼굴을 보기 위해 산소마스크를 쓰고서라도 집 밖으로 나간다. 함께 버스를 타고, 나란히 바닷가에 앉아 같은 순간을 떠올린다. 이런 세상에서도 아이들이 계속해서 친구들과 걷고, 뛰놀며, 자라고 있기를 바라는 마음으로 마지막 장면을 썼다. 전화로 실컷 떠들어 놓고도 빨리 만나서 더 떠들 생각에 신발을 구겨 신고 뛰쳐나가는 마음. 분명 나에게도 그런 마음이 있었으니까. 당신에게도 있었고, 있을 테니까.

그리고 서라가 고립되지 않았으면 했다. 그저 존재하는 일이 제일 혼란스러운 서라에게, 그리고 앞으로 존재할 일이 막막할 서라에게 하고 싶은 말이 있었기 때문이다.

어두운 구덩이 속에서 발견한 반짝이는 작은 아이가 했던 말.

"정신 차려! 넌 잘못한 게 없어! 넌 나쁜 아이가 아니라고!"

우리에게는, 누구에게나 그런 친구가 필요하다. 아홉 살이든 열여덟 살이든 마흔다섯 살이든 말이다. 앞장서서 걸어 주고 뒤에서 신나게 따라올 친구. 그리고 보이지 않는 곳에서도, 먼 과거에서도 손을 내밀어 줄 친구. 우리는 친구들에게서 아이다움을 배웠고, 어른이 되는 법과 사람이 되는 법을 배웠을 것이다. 잔인한 세상 속에서 따뜻한 사람들을 발견하고, 사랑을 잃지 않는 말랑말랑한 마음도 친구들이 만들어 주었을 것이다.

*

『회색에서 왔습니다』를 발견해 준 창비 청소년출판부에 고맙다. 지금이 아니었다면 묘원과 서라의 모험은 영영 기록되지 못하고, 회색 행성은 없는 곳이 되었을 수도 있다. 김영선, 구본슬 편집자에게 특별한 감사의 인사를 적어 둔다. 두 분은 서라를 구해 낸 아사와 묘원처럼 원고를 어여삐 여겨 주셨다.

그리고 당신들과 함께 다음을 기약하고 싶다. 우리가 발견하지 못한 아이가 없을 때까지 아이들의 이야기는 자꾸자꾸 쓰여야 한다. 우리 행성의 안녕을 비는 마음으로 굴섬 마을과 선인장과 가레야 이야기를 써 보고 싶다. 아니면 본본과 쌍둥이 형제의 이야기를, 묘묘 구조대의 네트워크 탐험을, 백역 아이들의 오컬트 미스터리 추리물을 써 보는 것도 재밌을 것 같다.

'지금에 존재하기'만 하는 것은 인간 설계 과정에 들어가지 않은 모양이다. 그렇다고 해서 '미래로 향하기'가 쉬운 것은 아니다.

미래로 향하는 길은 아직 불이 켜지지 않은 길, 보이지 않는 길, 알 수 없는 길이기 때문에 말동무가 필요하다. 그래서 나는 글을 쓰고, 책을 읽고, 음악을 듣고, 영화를 본다. 나는 인간이 함께 걸으며 '성장하기'로 설계되었다고 믿는다.

그리고 어느 날,
당신도
당신 안에 까만 사과 씨앗처럼 앉아 있는
어여쁜 아이를 발견하길 바란다.

2024년, 한요나

창비청소년문학 131
회색에서 왔습니다

초판 1쇄 발행 | 2024년 11월 15일

지은이 | 한요나
펴낸이 | 염종선
책임편집 | 구본슬 김유경
조판 | 황숙화
펴낸곳 | (주)창비
등록 | 1986년 8월 5일 제85호
주소 | 10881 경기도 파주시 회동길 184
전화 | 031-955-3333
팩스 | 영업 031-955-3399 편집 031-955-3400
홈페이지 | www.changbi.com
전자우편 | ya@changbi.com

ISBN 978-89-364-5731-0 43810

* 책값은 뒤표지에 표시되어 있습니다.